Zum fünfzigsten Verlagsjubiläum

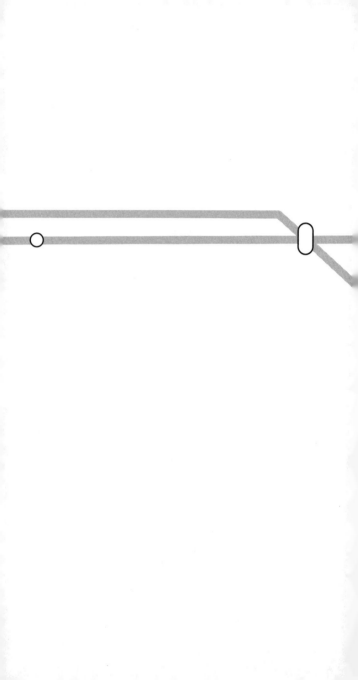

Störung im Betriebsablauf

77 kurze Geschichten
für den öffentlichen Nahverkehr

Gesammelt von Klaus Wagenbach

Verlag Klaus Wagenbach   Berlin

© 2014 für diese Ausgabe: Verlag Klaus Wagenbach,
Emser Straße 40/41, 10719 Berlin

Zu den Autoren und Quellen siehe Seite 138 ff.
Umschlaggestaltung Julie August. Gesetzt aus der Aldus und
Frutiger. Vorsatzpapier von peyer graphics, Leonberg. Gedruckt
auf chlor- und säurefreiem Papier und gebunden bei Pustet,
Regensburg.
Printed in Germany. Alle Rechte vorbehalten.

ISBN 978 3 8031 3267 3

Inhaltsverzeichnis

Brille vergessen? Kafka tröstet 10
Gebrauchsanweisung 12

Auf dem Bahnsteig

Der Granitblock im Kino 15
Hausgenossen 16
Herbst der singenden Menschenaffen 18
Glückliche Zustände 19
43 Liebesgeschichten 19

Kürzeststrecken

Absage 21
Irrende Ritter 22
Glatzkopf 23
Steht noch dahin 23
Mütze am Morgen 24
Sehr kurz 25
Mann in Luzern 26
Neuigkeit aus Hokkaido 26
Blindgänger 27
Familientauglichkeit 27
Sophie 28

Alles zu 29
Krähenbaum 30
Kunstblume 30
Das kleinere Glück 31
Die Tragödie 32

Unterbrechung: Fahrscheinkontrolle

Zählen 33
Die Sicherheit 34

Kurzstrecken, Fortsetzung

Glücklicher Zufall 35
Der Nachteil eines Vorteils 36
Gazellen und Löwen 37
Ein Mann fand es gut 38
Über Kälte 39
Herzstück 40
Feinde 41
Geschichte vom Handeln
um des Eierhandels willen 42
Form und Stoff 43
Das Licht 43
Robinson 44
Die Sirenen des Odysseus 45
Kramen in Fächern 46
Arbeitstag 47
Veit 48

omoton 49

Ruhende Aktivität 50

Der Entschluß 52

Der Traum von der Steppe 53

Straßenverkehr 54

Ein Wort, das ich normalerweise nie verwende 55

Rückfrage 57

Zwei Stationen

Der Anstreicher 59

Der Oger 60

Tiny, die Kraftmaid 62

Anekdote zur Senkung der Arbeitsmoral 64

Das Haus an der Costa Brava 68

Freundlich sein 70

Wer hat schon einmal geträumt,
ein Mörder geworden zu sein 71

Streuselschnecke 73

Vatertag 76

Eulenspiegel 78

Der Stimmenimitator 80

Abenteuer eines Weichenstellers 81

Eine Reise nach »fort« 83

Der Lobsammler 84

Röntgenblick 86

Liebe '38 87

Kaffee verkehrt 89

Was nicht ist 91

Drei Stationen.
Oder: Halt auf freier Strecke

Meine Besitztümer 95
Der Leser 97
Die Lange Grete 99
Jonas zum Beispiel 102
Die kleinen grünen Männer 105

Überland

Die Witwe eines Maurers 109
Vorschlag zur Strafrechtsreform 111
Der andorranische Jude 114
Mein Onkel Sally 117
Die Fremden 121
*Warten auf den Ausbruch
der allgemeinen Heiterkeit* 123
*Die ersten beiden Sätze
für ein Deutschlandbuch* 125
Bedingungen für die Nahrungsaufnahme 127
Mein Staat, eine Utopie 134

Autoren und Quellen 138

Störung im Betriebsablauf

Das nächste Dorf.

Mein Großvater pflegte zu sagen: „Das Leben ist erstaunlich kurz. Jetzt in der Erinnerung drängt es sich mir so zusammen, daß ich zum Beispiel kaum begreife, wie ein junger Mensch sich entschließen kann ins

nächste Dorf zu reiten, ohne zu
fürchten, daß — von unglück-
lichen Zufällen ganz abgesehen
— schon die Zeit des gewöhnlichen, glücklich ablaufenden
Lebens für einen solchen Ritt
bei weitem nicht hinreicht."

Kurzgeschichte Franz Kafkas in originaler Schriftgröße
und Typographie der Erstausgabe (»Ein Landarzt«, 1919).

Gebrauchsanweisung

Dieses Buch ist etwas eigensinnig geordnet, nach der Zeitdauer für Ihre Lektüre, sitzend in einem öffentlichen Verkehrsmittel. Hie und da mag eine Geschichte der nächsten die Hand geben – Absicht ist das nicht. Alle Geschichten stehen für sich, anarchisch und als Störung im allgemeinen Betrieb. Was Literatur ja oft ist.

Der Leser soll die Geschichten ganz vorurteilslos lesen können, mit nichts als dem Wissen: Es sind kurze deutschsprachige Geschichten aus der Zeit von den glorreichen sechziger Jahren bis heute, die hier als gemeinsamer literarischer Raum wahrgenommen und nicht einer Generationen-Apologetik unterworfen wird (von Generation Golf bis Generation Zahnbürste), nach der die Autoren förmlich abserviert werden, wenn sie ihre Generationen-Pflicht erfüllt haben.

Der Herausgeber gesteht außerdem, daß ihn zusätzlich zwei spielerische Gedanken geleitet haben:

Erstens die Freude des Literaturfreundes, den Autor einer Geschichte zu erkennen, ohne die Quellenvermerke (ab Seite 138) zu Rate ziehen zu müssen – dieses Buch ist also auch für gemeinsame Lektüre geeignet; wer die meisten Autoren rät, hat gewonnen.

Zweitens: Der Herausgeber ist leidenschaftlicher Benutzer des öffentlichen Nahverkehrs. Am liebsten ist ihm die U-Bahn. Wie schön ist es, unterirdisch gefahren zu werden, während oben alles rennet, rettet, flüchtet! Man muß keine Verkehrsregeln beachten, Attraktionen vor dem Fenster gibt es nicht, und mit etwas Glück hat sich der Sitznachbar mit zahlreichen elektronischen Geräten selbst ruhiggestellt.

Nur die Aussteigestation darf man nicht verpassen – deswegen mußte der Herausgeber seiner Sorgfaltspflicht genügen und hat die Geschichten nach Haltepunkten geordnet (eine, zwei, drei oder mehr Stationen), sodaß der Lesende nicht auf dem falschen Bahnhof landet. Alles approximativ oder kombinierbar, versteht sich.

Leider ist die Kurzgeschichte (nicht überall, aber im Deutschen) ein vernachlässigtes Kind. Von manchen Autoren gibt es überhaupt keine, von anderen nur eine, von einigen wenigen aber viele. Das machte die Auswahl schwer, förderte aber die Neugier um so mehr, auch die Neugier auf verschollene oder verkleidete (als Witz, Anekdote, Parabel, Märchen) Kurzgeschichten.

Aber lesen Sie selbst.

Klaus Wagenbach

Die Untergrundbahn ist ein wesentliches
Kennzeichen der Großstadt. Oben auf der
Straße ist kein Platz mehr für die Menschen.

Egon Erwin Kisch

Auf dem Bahnsteig

Der Granitblock im Kino

Ein Granitblock aus einem öffentlichen Park hatte lange gespart und wollte mit seinem Geld ins Kino, und zwar hatte er von einem lustigen Film gehört, »Zwei Tanten auf Abenteuer«. Er ging also an die Kasse und verlangte fünf Plätze. Zuerst wollte sie ihm die Kassiererin nicht geben, da sagte der Granitblock bloß oho, und schon hatte er die Billette. Er hatte erste Reihe gelöst, weil er seine Brille vergessen hatte. Als er sich auf seine fünf Plätze setzte, krachten gleich alle Armlehnen zusammen, und dann fing das Vorprogramm an. Der Granitblock schaute interessiert zu und bestellte in der Pause zehn Eiscremes, die er sofort hinunterschluckte. Jetzt fing der Hauptfilm an, und der Granitblock amüsierte sich sehr. Da er an Humor nicht gewöhnt war, mußte er über jede Kleinigkeit lachen, zum Beispiel wenn eine Tante zur anderen sagte, na, altes Haus? Er schlug sich auf die Schenkel und lachte, daß das ganze Kino zitterte und die

Leute durch die Notausgänge flüchteten. Als dann eine Tante der andern mit dem Schirm eins über den Kopf haute, war der Granitblock nicht mehr zu halten. Er hüpfte jaulend auf und ließ sich auf seine Sessel plumpsen, die sogleich zusammenbrachen, und damit nicht genug, stürzte er durch den Boden des Kinos in einen Keller und konnte den Rest des Films nicht mehr ansehen. Das Kino wurde vorübergehend geschlossen, der Granitblock mußte mit einem Lastwagen in seinen Park zurückgebracht werden, und heute langweilen sich schon alle Spatzen, wenn er wieder mit seiner Geschichte von den Tanten kommt und kichernd erzählt, wie eine zur andern gesagt hat, na, altes Haus.

Hausgenossen

Was mir am meisten auf der Welt zuwider ist, sind meine Eltern. Wo ich auch hingehe, sie verfolgen mich, da nützt kein Umzug, kein Ausland. Kaum habe ich einen Stuhl gefunden, öffnet sich die Tür und einer von beiden starrt herein. Vater Staat oder Mutter Natur. Ich werfe einen Federhalter, ganz umsonst. Sie tuscheln miteinander, sie verstehen sich. In der Küche sitzt der Haushalt, bleich, hager und verängstigt. Er ist auch ekelhaft, manchmal tut er mir leid. Er ist nicht mit mir verwandt, ist aber nicht wegzubringen.

Eine halbe Stunde habe ich Freude an Literatur. Die Kinks, denke ich, sind soviel besser als die Dave Clark Five. Aber plötzlich kommt sie wieder, mit blutverschmiertem Mund, und zeigt mir ihr neues Modell. Alles zweigeteilt, sagt sie, ein Stilprinzip, Männchen und Weibchen. Fällt dir nichts Besseres ein, frage ich. Tu nicht so, alter Junge, sagt sie. Hier, die Gottesanbeterin. Während sein Hinterleib sie begattet, frißt sie seinen Vorderleib. Pfui Teufel, Mama, sage ich, du bist unappetitlich. Aber die Sonnenuntergänge, kichert sie.

Ich versuche, mich zu beruhigen, und will meine Bakunin-Biographie um ein paar Zeilen weitertreiben. Da hat dich der Marx aber ganz schön fertiggemacht, Michael Alexandrowitsch, sage ich laut, und schon steht Papa im Zimmer. Er fieselt an einem Rekrutenknochen. Ich ziehe unter seinem mißtrauischen Blick den Staatsanzeiger über mein Manuskript. Du singst zu wenig, sagt er, und ich merke erst, als er wieder draußen ist, daß er mein Portemonnaie mitgenommen hat.

In der Küche weint der Haushalt ohne Hemmung. Ich mache die Augen zu, stopfe mir die Finger in die Ohren. Mit Recht.

Herbst der singenden Menschenaffen

Die Gibbons, Menschenaffen, die in neun verschiedenen Arten in den Regenwäldern Südostasiens leben, sind die einzigen nicht menschlichen Säugetiere außer den Walen, die singen können. Der Gesang besteht aus verschiedenen Sätzen in regelmäßiger Reihenfolge, etwa zwei bis fünf in einer Minute. Singstunde ist zweimal am Tag. Zunächst vor Sonnenaufgang noch von den Schlafbäumen aus. Es singt vor allem das Männchen. Nach dem ersten Frühstück folgt der Morgengesang, bei dem das Weibchen nach einigen Minuten einfällt, zunächst einige Sätze mitsingt und dann einen lang anhaltenden Ruf ausstößt. Solange dieser dauert, ist das Männchen still. Gibbons singen auch in Gefangenschaft. Wo ein zoologischer Garten im Zentrum einer Großstadt liegt, mischen sich in den Morgenstunden die wohlklingenden Gibbonlaute mit den chaotischen Geräuschen des vorbeiflutenden Verkehrs.

Darüber wäre wohl viel noch zu sagen.

Glückliche Zustände

Zufällig, im Vorüberfahren, sah ich, zwischen zwei Häusermauern auf einer Schaukel kräftig schwingend und lachend über das ganze Gesicht, für diesen kurzen Moment mir winkend, der aber kaum reichte, um einmal winkend zurückzulachen, einen alten Mann, einen Apfel essend. Im nächsten Moment und dann eine Weile mußte ich an eine Tante denken. Ihr Leben war von allen das schwerste und dies, solange ich denken kann und ihr einziger Stolz ihr trauriges Schicksal, eindeutig, hart und von dieser Welt. Ich stellte sie mir auf der Schaukel vor, einen großen Apfel zum Munde führend und winkend und dies weit über sechzig. Sie schimpfte schrecklich, als sie schwang, verschluckte sich und stürzte zu Boden. Sie schlug die Hände vors Gesicht. Da sah ich sie durch die Finger lachen.

43 Liebesgeschichten

Didi will immer. Olga ist bekannt dafür. Ursel hat schon dreimal Pech gehabt. Heidi macht keinen Hehl daraus.

Bei Elke weiß man nicht genau. Petra zögert. Barbara schweigt.

Andrea hat die Nase voll. Elisabeth rechnet nach. Eva sucht überall. Ute ist einfach zu kompliziert.

Gaby findet keinen. Sylvia findet es prima. Marianne bekommt Anfälle.

Nadine spricht davon. Edith weint dabei. Hannelore lacht darüber. Erika freut sich wie ein Kind. Bei Loni könnte man einen Hut dazwischenwerfen.

Katharina muß man dazu überreden. Ria ist sofort dabei. Brigitte ist tatsächlich eine Überraschung. Angela will nichts davon wissen. Helga kann es.

Tanja hat Angst. Lisa nimmt alles tragisch. Bei Carola, Anke und Hanna hat es keinen Zweck.

Sabine wartet ab. Mit Ulla ist das so eine Sache. Ilse kann sich erstaunlich beherrschen.

Gretel denkt nicht daran. Vera denkt sich nichts dabei. Für Margot ist es bestimmt nicht einfach.

Christel weiß, was sie will. Camilla kann nicht darauf verzichten. Gundula übertreibt. Nina ziert sich noch. Ariane lehnt es einfach ab. Alexandra ist eben Alexandra.

Vroni ist verrückt danach. Claudia hört auf ihre Eltern.

Didi will immer.

Kürzeststrecken

Absage

Ein Herr tritt auf Manig zu. »Gefällt Ihnen dieser Löffel?« fragt er. Er hält den Löffel hoch. Manig schüttelt den Kopf. »Wirklich nicht?« fragt der Herr. Dann nimmt er Manig bei der Hand. Sie kommen zu einem Tunnel. Beide betreten den Tunnel. Hier, im Dunkeln, bleibt der Herr stehen, zieht Manig zu sich, zeigt ihm den Löffel und fragt: »Auch nicht im Tunnel?« – »Der Löffel gefällt mir auch im Tunnel nicht«, sagt Manig, nachdem sich seine Augen an die Dunkelheit gewöhnt haben. Beide stehen jetzt auf einer Hochebene. Um sie der Wind. Sie stehen nebeneinander, die vier Füße in einer Reihe. Zwischen ihnen erhebt sich der Löffel. Der Herr wendet seinen Kopf mit einem Ruck nach rechts, so daß dieser genau über seiner Schulter steht. Die Augen wandern zum Löffel, dann zu Manig zurück. »Wie wär's?« fragt der Herr. »Auch hier nicht«, antwortet Manig. »Und mit einem Ball dazu?« fragt der Herr. Er zeigt den Ball. Sie sitzen auf einem Baum. Unter ihnen wogende Wipfel niedrigerer Bäume, entfernt die See. »Auch dann nicht«, sagt Manig. »Überhaupt niemals.«

Irrende Ritter

Manchmal, wenn man zum Beispiel auf Steinstufen oder an Brunnenrändern sitzt und raucht, trifft einen aus Autofenstern ein verzweifelter Blick: ein parkplatzsuchender Gast, dessen Nerven, im fremden Straßennetz ohnehin strapaziert, zu versagen drohen, wenn es ihm nicht bald gelingt, sich seines Wagens zu entledigen und im Stadtzentrum Fuß zu fassen.

So mögen früher herumirrende Ritter aus ihren Eisenrüstungen auf einen Schäfer geblickt haben, der im Gras liegend Flöte blies, während ein Unstern sie dazu verdammte, ihr Leben mit Staub und Metall zu ruinieren.

Manche Fahrer werden offenbar immer wieder in denselben Kreislauf gezogen, so daß sie mit wachsender Langsamkeit, die den berühmten Zusammenbruch des Verkehrs ankündigt, immer wieder an demselben rauchenden Mann vorbeikommen und an demselben Brunnen, dessen Wasser in den Wind hinausfliegt wie ein unerreichbares Elixier aus Gelächter und Tränen.

Glatzkopf

Sind Sie allein auf der Straße? Gut. Fahren
Sie weiter! Immer die Straße runter! Gehn
Sie auf hundertvierzig! Weiter, mitten auf der
Straße! Gehn Sie auf hundertsechzig! Passen
Sie auf, hinter der Kurve wird Ihnen jetzt ein
Wagen entgegenkommen, mit hundertacht-
zig! Gehn Sie auch auf hundertachtzig! Da
ist er! Nicht ausweichen! Nicht ausweichen!
Sehn Sie den Glatzkopf am Steuer, der so aus-
sieht wie Sie. Das bin ich.

Steht noch dahin

Ob wir davonkommen, ohne gefoltert zu werden, ob wir eines natürlichen Todes sterben,
ob wir nicht wieder hungern, die Abfalleimer
nach Kartoffelschalen durchsuchen, ob wir ge-
trieben werden in Rudeln, wir haben's gesehen. Ob wir nicht noch die Zellenklopfsprache
lernen, den Nächsten belauern, vom Nächsten belauert werden und bei dem Wort Freiheit weinen müssen. Ob wir uns fortstehlen
rechtzeitig auf ein weißes Bett oder zugrunde
gehen am hundertfachen Atomblitz, ob wir es
fertigbringen, mit einer Hoffnung zu sterben,
steht noch dahin, steht alles noch dahin.

Mütze am Morgen

Morgens, wenn dunkle Wolken unter meiner Zimmerlampe hängen, wenn Schneehunde sich wohlig auf dem eiskalten Fußboden reiben, wenn der Schritt aus dem Bett lediglich in einen Tag fürchterlichster Ödheit führt, ist es einzig und allein meine Mütze, die mir Mut macht, mich anlächelt und mir zuruft: »Erheb dich, mein Freund, steig aus dem Bett, nur schnell mein Freund, wir wollen ausgehen!« Und ich richte mich ein wenig auf, verjage mit einer kurzen Handbewegung die Hunde aus dem Zimmer, puste die Wolken durch die Fensterritzen hinaus und höre meine Mütze rufen: »Beeil dich, der Morgen dauert nicht mehr lange an, wir wollen ausgehen.« »Gleich!« antworte ich, strecke das Bein unter der Decke hervor und ziehe es wieder ein. »Nur zu, reiß dich zusammen, sieh mich an, reiß dich zusammen!« »Sofort!« antworte ich, sehe mit halbgeöffneten Augen die Hunde mit eingekniffenen Schwänzen wieder zur Tür hereinschleichen, fühle die schweren Wolken dicht über mir und sacke unaufhaltsam zurück. »Wird's bald!« ruft nun die Mütze, und ich weiß, daß sie jetzt von ihrem Stuhl springt, sich meinem Bett mit weichem Schritt nähert, höre sie, während sie das Gestell hinauf klettert, mich als: »Faulpelz!« beschimpfen, spüre, wie sie unter meine Bettdecke kriecht, drehe mich blitzschnell um und greife sie, die laut aufkreischt.

Meine Liebkosungen beruhigen sie wieder. Ich setze sie auf meinen Kopf, und gemeinsam schlafen wir in den Tag hinein.

Sehr kurz

Nach einem langen und harten Arbeitstag im Büro stellte Lilly fest, dass auf ihren Schulterblättern kleine Flügel gewachsen waren: schmutzig rosafarbene, verletzlich wirkende Hautgebilde, die wie Gelsenstiche juckten und sich von ihr mit einiger Willensanstrengung sogar ein wenig hin und her bewegen ließen. Vor lauter Angst schnitt sich Lilly die Flügel mit einer Schere ab und spülte sie im Klo hinunter. Sie überlegte, ob sie vielleicht nachwachsen würden, aber diese Sorge erwies sich als unbegründet. Die Flügel kamen nie mehr wieder, egal wie lang und hart Lillys Arbeitstage auch waren, bis ans Ende ihres kurzen Lebens.

Mann in Luzern

Um 2 Uhr nachts noch am Geländer gesichtet, um 2.01 Uhr in die Reuss gesprungen.

Sagen alle im Ort: hat sich zu ihr gelegt.

Voller Sehnsucht der Mann. War die Reuss eine Schöne mit langem Haar, flüsterndem Mund und weiten Armen. War der Mann trunken von Flaschengeistern, ließ sich nicht binden an einen Mast, hat das Wachs in den Ohren der Welt nicht ertragen, holt er Atem, trinkt die Küsse, bis die Lungen platzen, das Herz sich verschlägt, das Hirn nur noch schwimmt. Flüstert die Reuss von dem Mann, der sie liebt, den sie wäscht, den sie nimmt, wohin sie kann.

Neuigkeit aus Hokkaido

Ein junges Mädchen und ihre Mutter, eine Witwe, luden den Verlobten der Tochter zum Abendessen ein. Als sie feststellten, daß sie keinen Wein hatten, ging die Tochter auf den Markt, um welchen zu kaufen. Während die Tochter unterwegs war, verführte die Mutter den Verlobten und hatte Sex mit ihm. Als die junge Frau zurückkam, merkte sie, was geschehen war, machte den Wein auf und sagte:

»Gut, Mutter, ich überlasse dir meinen Verlobten. Ich finde einen anderen.«

Ist das nicht eine verrückte Familie? Ja, das ist eine wahre Neuigkeit aus Hokkaido.

Blindgänger

Mein Mathematiklehrer war früher beim Militär. Er warf den Schlüsselbund als Handgranate durch den Klassenraum, zog die Zunge des Rechenschiebers heraus und zielte auf uns. Auch salutierte er vor dem Direktor mit dem Zeigestock. Schüler, die nicht gut rechnen konnten, nannte er Blindgänger.

Familientauglichkeit

Seit zwei Wochen waren Steltz und Brezoianu mit dem Bau einer Laterna Magica befaßt.

Die Einzelstücke des 300 Teile umfassenden Bastelsatzes belegten das ganze große Zimmer. Zu faltendes Papier, zu klebendes Plaste, auch Brenngläser und Batteriegehäuse. Ein Freund, der vorbeischaute, um zu erfahren, warum die beiden sich in letzter Zeit so rar machten, fragte nach dem Zweck der wahrscheinlich noch Wochen dauernden Arbeit.

Wir testen unsere Familientauglichkeit, antwortete Brezoianu, während er mit seinen dicklichen Fingern eine Falzkante nachzog. Als der Freund ratlos schwieg, sagte Steltz (ohne vom Linsenkubus aufzuschauen): Oder glaubst du etwa, ein Kind ist weniger kompliziert als eine Laterna Magica?

Sophie

Nie wieder nehme ich dieses Kind auf ein Begräbnis mit. Es lacht und findet alles lustig. Schon vor der Abdankungskapelle, wo sich die Leidtragenden sammeln, wird es steif vom Kampf mit der Komik. Ich bemerke, wie die Kränze und Sargträger ihm zusetzen. Doch erst das offene Grab und das Schäufelchen für die dreimal Erde lassen in ihm ein Gelächter wachsen, das überläuft, nein ausbricht, sobald das allgemeine Beileidaussprechen beginnt.

Heute, als die noch junge Frau eines Familienfreundes zu Grabe getragen wurde und der Freund sich seiner offenen Verzweiflung nicht schämen wollte, verdarb ihm das Gelächter die Tränen. Auch als ich dem Kind seinen lachenden Mund mit feuchter Erde stopfte, bis er still war, konnte der Freund nicht weinen und blieb verärgert.

Alles zu

Aus meinem Westberliner Fenster sieht man
die Fenster von Stube, Küche, Klo des Vorder-
hauses, Gardinen, Blumentöpfe, graue Wand,
keinen, der rübersieht, das ist in Ordnung,
aber manchmal steht am großen Fenster des
Treppenhauses unten ein Mensch so nahe am
gewellten Glas, daß man den Umriß einer alten Frau erkennen kann, Gesicht ein heller
Fleck, verschiebt sich etwas, solange die Figur
erscheint, ist dann verschwunden, erscheint
am Fenster drüber in der gleichen Ecke undsoweiter, in der Erinnerung beinahe gleichzeitig
übereinander, vier Fenster, Film, bis der vorbei
ist, starr ich rüber, Mutter. Quatsch natürlich,
Mutter bin ich selber und meine eigene Mutter sitzt auf meinem Sofa und schneidet vorsichtig eine gelbe Melone in Stücke, so etwas
gibt es auf der andern Seite nicht, im Osten,
schneidet sie falsch deshalb.

Krähenbaum

Irgendwo hinter dem Hochhaus, ich wohne im siebzehnten Stock, wird tagsüber ein großer kahler Baum stehen. Früh siebenuhrdreißig fliegen die Blätter an meinem Fenster vorüber, fallen und steigen in der Strömung zwischen den Häusern. Sie ähneln dem Laub des Ahorns oder dem der Platanen, aber ihre Flügel laden mehr aus; die Ränder sind aufgewölbt, die Farbe schwarz. Wenn das Heizwerk die ersten verschluckt hat, dauert es noch eine Stunde, bis der Himmel leer ist. Nachmittags fliegen sie zurück an den Baum. Federleichtes verkohltes Seidenpapier. Ein Bogen Dunkelheit setzt sich zusammen, Blattrand an Blattrand.

Kunstblume

Während eines Gangs, der jemanden durch die leeren, kalten, bis auf den Schnee herab dunklen Straßen der Hauptstadt nach Mitternacht entschlossen heimgeleitete, als da ein Ehepaar mit Eltern und Schwiegereltern heraustrat an einer Stelle, und die Gäste die verkehrsgünstige Lage dieser neuen Wohnung – die Straßenbahn vor der Tür, die nahe S-Bahn,

die fünf Minuten zur U-Bahn, den Bus um die
Ecke – mit Wärme unten noch zum Ausdruck
brachten, war unversehens beinahe eine wirk-
liche, eine beinahe greifbare Blume erblüht,
eine im – nichts als die Stadtnacht achtenden –
Vorbeilaufen nicht begrüßte, unverhoffte und
unglaubliche Blume aus Stimmen, die lobten.

Das kleinere Glück

Das sehr kleine Kind hüpft umher, auf weichem Gebein und einer S-Bahnbank, Gepäck-
abteil, Richtung Pankow. Es strampelt und
lacht und greint nur auf, wenn der ihm Hil-
festellung darbietende Vater es zu bändigen
versucht. Alle in dem dicht besetzten Abteil
schauen dem Sehrkleinen zu. Die Züge sind
ihnen entglitten, in soetwas wie Lächeln, soetwas wie Glück schwingt hoch über ihren Köp-
fen, leise weinend, wie ein sehr fernes Glöck-
chen. Am glücklichsten aber sucht zu strahlen
die Mutter. Aus der Ecke neben der Tür äugt
blicklos der sehr viel ältere Bruder. Auch er ein
Kind noch, und hat nichts zu teilen.

Die Tragödie

»Das Spiel ist aus!« riefen in der Schlußszene die endlich siegreichen Gegenspieler den entlarvten bösen Machthabern zu, verstellten ihnen den Weg zur Flucht oder zu den Waffen, nahmen sie fest und führten sie, ohne sie noch eines Blickes zu würdigen, in die Kulisse ab, während der Vorhang fiel.

Als er aber dann zum Applaus wieder hochging, kamen die besiegten Machthaber schon Hand in Hand mit den neuen Siegern zurück, und alle verneigten sich artig vor dem Publikum, das ihnen zurief und wie von allen guten Geistern verlassen Beifall klatschte.

Unterbrechung: Fahrscheinkontrolle

Zählen

Triboll saß auf der Treppe vor seiner Haustür und zählte. Er hatte die Absicht, alles, was er sah, zu zählen. Früher hatte er alles, was er sah, übersehen. Jetzt zählte er es, und das war schwieriger, als darüber hinwegzusehen. Da kam ein anderer und setzte sich eine Stufe tiefer auf die Treppe, auf der Triboll schon saß, und zählte auch. Aber er zählte etwas anderes als Triboll, und Triboll wurde sich nicht klar darüber, was der andere zählte. Da verlor Triboll alle Lust am Zählen und fand sich damit ab, wieder wie früher über alles hinwegzusehen.

Die Sicherheit

Ein Mann ohne besondere Kennzeichen verschanzt sich in seinem Zimmer, rückt das Regal, den Schrank, den Tisch und die Stühle vor die einzige Tür. Stellt einen weiteren Schrank vor das Fenster. Baut sich Stück um Stück zu.

Es läutet an der Wohnungstür. Der Mann spitzt die Ohren, bleibt unbeweglich stehen. An der Wohnungstür wird geklopft. Der Mann beschließt, aufzumachen. Also muß er alles wieder abbauen. Als er damit fertig ist, bahnt er sich eine Schneise zur Tür. Er öffnet sie vorsichtig und schaut hinaus. Als er niemand sieht, schließt er die Tür wieder und macht sich daran, die Verschanzung neu zu errichten. Als er damit fertig ist, läutet es an der Wohnungstür. Dann klopft es.

Kurzstrecken, Fortsetzung

Glücklicher Zufall

Der spillerige Junge von etwa fünf Jahren
rannte in großer Erregung, mit dem Schrei

– Jach!

den Steg entlang, glitt an der obersten Sprosse
der Eisenleiter zum See ab, da er sie ja über-
rannte, schlitterte über die Eisenfläche ins
Wasser, das Köpfchen schleuderte zurück und
verfehlte um Millimeter die harte Eisenkan-
te, die den Hinterkopf getroffen hätte, wäre
nicht viel Glück in der Schlenkerbewegung
versteckt gewesen.

So wäre der Junge beinahe gestorben, mit
aufgeschlagenem Hinterkopf ins Wasser ge-
stürzt und ertrunken. Es war kein schwimm-
kundiger Retter in der Nähe, nur gutwillige
Laien, und es bleibt zweifelhaft, ob eine der älteren Damen, die den Vorgang vom Ufer aus
beobachteten, die richtigen Maßnahmen er-
griffen hätte, einen der Kellner des Hotels zu
benachrichtigen, der einen Schwimm-Meister

ausfindig gemacht hätte … Alles das hätte die
Lebenszeit überschritten, die dem Jungen geblieben wäre, hätte er nicht Glück gehabt, ein
schlenkriges Glück, da die winzige Zappel-
bewegung, die ihn rettete, ein Zappeln noch
im Unglücksflug, den Kopf, den er nicht mehr
beherrschte, durch einen Schlenker über die
Sprosse hinwegtrug.

Jetzt schwimmt der Junge im See, ruft:

– Ich muß nochmals rein …!

Er hat nämlich nicht bemerkt, in welcher
Gefahr sich sein junges Leben befand, daß er
selber sein Lebensretter war; irgend etwas in
ihm, stärker als der Zufall, der die Bewegungen auf Glitschboden regiert.

Der Nachteil eines Vorteils

Pinguine, so habe ich einmal gelesen, seien außerhalb ihrer Heimat, in zoologischen Gärten
etwa, äußerst schwer zu halten. Die natürlichen Bedingungen, unter denen sie lebten,
seien so beschaffen, daß es Krankheitskeime
kaum gebe. Das habe zur Folge, daß der Orga-
nismus der Pinguine, da er solche Keime praktisch nie abzuwehren habe, auf deren Abwehr
praktisch nicht eingerichtet sei. Nur gegen
Kälte verfüge er über große Widerstandskraft.

In zoologischen Gärten nun, wo es von Bakterien aus aller Herren Länder nur so wimmle, sei die Lage für Pinguine fatal. Nahezu schutzlos, hieß es, seien sie Krankheitskeimen ausgeliefert, über die andere Tiere gewissermaßen nur lächelten. Und selbst winzigste Gefahren, die von den Organismen der übrigen nicht einmal wahrgenommen würden, könnten für die Pinguine tödlich sein. Die Gewöhnungszeit sei lang und erfordere von den Pflegern außerordentliche Geduld.

Gazellen und Löwen

Als die Gazellen von den Löwen Mitbestimmung forderten, waren die Löwen dagegen. »Es kommt noch so weit, dass die Gazellen bestimmen, wen wir fressen«, sagten die Löwen. Sie beriefen sich auf eine unverdächtige Studie des WWF und sprachen von Wildpartnerschaft bei klarer Kompetenzentrennung: Fressen auf der einen Seite, Gefressenwerden auf der andern Seite. »Denn«, so sagten sie, »es liegt doch auf der Hand, dass einer nicht zugleich etwas vom Gefressenwerden und vom Fressen verstehen kann. Und der Entscheid, jemanden zu fressen, muss schnell und unabhängig gefasst werden können.«

Das leuchtete denn auch den Gazellen ein. »Eigentlich haben sie recht«, sagte eine Gazelle, »denn schliesslich fressen wir ja auch.« – »Aber nur Gras«, sagte eine andere Gazelle. »Ja, schon«, sagte die erste, »aber nur, weil wir Gazellen sind. Wenn wir Löwen wären, würden wir auch Gazellen fressen.«

– »Richtig«, sagten die Löwen.

Aber als Gleichnis für irgend etwas ist diese Geschichte unbrauchbar. Nicht etwa nur, weil Tiere nicht reden können, sondern vor allem, weil Gazellen und Löwen ganz verschiedene Tiere sind und keine Gazelle je die Chance haben wird, ein Löwe zu werden.

Ein Mann fand es gut

Ein Mann fand es gut, eine Sammlung anzulegen. Und da er sie gegen Staub schützen wollte, brachte er sie in gut schließenden Kästen unter, die er in gut schließenden Sammlungsschränken aufbewahrte, welche er in geschlossenen Räumen aufstellte. Dieser Mann konnte in dieser Beziehung nicht vorsichtig genug sein. Also wählte er Räume in abgesperrten Häusern, die in wenig befahrenen Straßen standen, die in menschenleeren Ortschaften lagen, die er in verlassenen Landschaften fand, in weiter Ferne von jedem Leben. Es war freilich ein Unglück, daß dieser Mann seine Sammlung niemandem zeigen konnte. Das wiederum war deshalb nicht ganz so übel, weil dieser Mann unter den geschilderten Umständen gar keine Sammlung anlegen mußte, er also die Kästen, die in den Schränken in den geschlossenen Räumen in den abgesperrten Häusern in den wenig befahrenen Straßen in den menschenleeren Ortschaften in den verlassenen Landschaften standen, in weiter Ferne von jedem Leben, auch nicht öffnen mußte. Dann und wann, wenn Besuch kam, zeigte er aber die zur Sammlungsaufbewahrung vorgesehenen, ganz und gar staubfreien Kästen.

Über Kälte

Weibliche Kälte? Sie weigert sich, sie will dich nicht, obgleich doch soviel für dich spricht? Aber ist sie wirklich kalt in ihrem Wesen, oder bist nicht du nur überhitzt? Unter den Geschlechtern weisen Temperaturen recht verläßlich Macht und Anziehungskräfte nach. Tröste dich jedoch, auch diese scheinbar Kälteste wird eines Tages vor irgendeinem Gleichgültigen so hilflos und vergeblich glühn wie du vor ihr.

Sie zieht den anderen vor, einen unerträglichen Hohlkopf und Aufschneider? Es wird schon seine Gründe haben, die weder sie noch du erkennen. Ein Rest von Selektion wirkt fort im erotischen Gefallen und Geschmack, trotz allem. Trotz unserer zahnlos-zahmen Ausgesprochenheit, wo alles Psyche ist und Argument, geschieht auf einmal diese unerklärlich reizgelenkte Gattenwahl wie unter Kormoranen.

Herzstück

EINS Darf ich Ihnen mein Herz zu Füßen legen.

ZWEI Wenn Sie mir meinen Fußboden nicht schmutzig machen.

EINS Mein Herz ist rein.

ZWEI Das werden wir ja sehn.

EINS Ich kriege es nicht heraus.

ZWEI Wollen Sie, daß ich Ihnen helfe.

EINS Wenn es Ihnen nichts ausmacht.

ZWEI Es ist mir ein Vergnügen. Ich kriege es auch nicht heraus.

EINS *heult*

ZWEI Ich werde es Ihnen herausoperieren. Wozu habe ich ein Taschenmesser. Das werden wir gleich haben. Arbeiten und nicht verzweifeln. So, das hätten wir. Aber das ist ja ein Ziegelstein. Ihr Herz ist ein Ziegelstein.

EINS Aber es schlägt nur für Sie.

Feinde

»Exzellenz, die Feinde, wenn man gegen sie vorgeht, im richtigen Moment, halten sich an unsern Waffen fest.«

»Sie umklammern die Waffen, ja?«

»Sie umklammern die Waffen oder hängen sich dran.«

»Sind die Feinde denn schwer?«

»Zu schwer zum lange Tragen.«

»Und losschütteln geht wohl nicht? Kräftig schütteln, daß sie runterfallen?«

»Sie machen sich schwer und zappeln an den Waffen, daß unsere Leute herumtorkeln und ins Leere stoßen.«

Der Feldmarschall, listig: »Und loslassen? Plötzlich loslassen? Plumpst dann der Feind nicht zur Erde?«

»Dann hat er die Waffe.«

»Und ihn, während er an der Waffe hängt, mit einer andern Waffe angreifen?«

»Exzellenz, dazu ist keine Hand frei. Unsere Soldaten benötigen beide Hände zum Tragen von Waffe und Feind.«

Der Feldmarschall denkt wieder nach. Danach, lächelnd: »Und wenn wir den Spieß herumdrehen? Wenn wir uns an den Waffen des Feindes festhalten?«

»Exzellenz, das geht nicht.«

»Warum geht das denn nicht?«

»Der Feind hat keine Waffen.«

Geschichte vom Handeln
um des Eierhandels willen

Für dieses Ei möchte der Lebensmittelhändler 25 Pfennig kassieren, ich biete aber nur 22 Pfennig. Ich lasse mich von den Argumenten des Lebensmittelhändlers, das einzelne Ei koste ihn selber schon 21 Pfennig, nicht beeinflussen und bestehe nun mal, will er mich als Eierkäufer nicht verlieren, auf 22 Pfennig pro Ei.

Meine hartnäckige Preisbildung (die ihm insgeheim zusagt) unterstreiche ich durch Hinweise auf die besonders dünne Schale seiner feilgebotenen Eier. Ich sage zu ihm: Wenn Sie mal genau hinsehen, müßten Sie doch bemerken, wie dünn die Eierschale ist. Und ehrlich gesagt, sage ich ferner, ist der Kauf eines so dünnschaligen Eies, bei 25 Pfennig pro Stück, mehr als ein Risiko für jeden Eierkäufer.

Am einfachsten für ihn, den Lebensmittelhändler: er erkundigt sich nach dickschaligen Eiern, um sie dann mit Recht anzubieten für 25 Pfennig pro Stück.

Nach weiteren Bemühungen, handelseinig zu werden, wird mir das Ei für 23 Pfennig ausgehändigt, was mich zufrieden stimmt. (Denn ich beharre ja nicht auf meinem Standpunkt beim Einkauf von Eiern.) Allerdings werde ich jedesmal aus dem Lebensmittelgeschäft von mißtrauischen Blicken entlassen und gelte beim Lebensmittelhändler, kommen wir auf Eier zu sprechen, als ziemlich dreist.

Form und Stoff

Herr K. betrachtete ein Gemälde, das einigen Gegenständen eine sehr eigenwillige Form verlieh. Er sagte: »Einigen Künstlern geht es, wenn sie die Welt betrachten, wie vielen Philosophen. Bei der Bemühung um die Form geht der Stoff verloren. Ich arbeitete einmal bei einem Gärtner. Er händigte mir eine Gartenschere aus und hieß mich einen Lorbeerbaum beschneiden. Der Baum stand in einem Topf und wurde zu Festlichkeiten ausgeliehen. Dazu mußte er die Form einer Kugel haben. Ich begann sogleich mit dem Abschneiden der wilden Triebe, aber wie sehr ich mich auch mühte, die Kugelform zu erreichen, es wollte mir lange nicht gelingen. Einmal hatte ich auf der einen, einmal auf der anderen Seite zu viel weggestutzt. Als es endlich eine Kugel geworden war, war die Kugel sehr klein. Der Gärtner sagte enttäuscht: ›Gut, das ist die Kugel, aber wo ist der Lorbeer?‹«

Das Licht

Es macht Gegenstände sichtbar.

Es kommt in einem Draht ins Haus. Es fällt aus einer gläsernen Kugel, weiß und weich wie Milch. Es fließt. Ich kann es nicht anfassen.

Bei Sturm verlischt es.

Der Draht ist mit Salz umwickelt. Salz haftet an der Leitung und überzieht sie mit einer harten Schale. Es schluckt die fließenden Teile des Lichtes, aus denen das Licht besteht. Der Draht ist steif und funkelt. Er durchschneidet die Luft.

Bevor das Licht ausgeht, zucken Blitze aus den Porzellanköpfen, die den Draht an Pfählen festhalten.

Bei Sturm ist es dunkel im Haus.

Robinson

Ein Mann hatte große Lust auszuwandern. Er verkaufte alles, soweit die Wertlosigkeit der Gegenstände nicht seine Barmherzigkeit anstachelte, packte eine vollständige Robinson-Ausgabe in Ölpapier – wegen der Unbeständigkeit des Klimas –, besorgte sich ein Schiff, das zum Untergang neigte, und fuhr nach Süden.

Es traf alles ein. Ein Orkan erhob sich. Das Schiff scheiterte. Er klammerte sich an eine Planke, die gerade so groß war, daß er den Kopf nachdenklich über Wasser halten konnte. In der linken Hand führte er das Buch in Ölpapier wie eine Flosse.

Das Glück einer Insel jedoch blieb ihm versagt, so sehr er sich auch um eine vom Meer umfriedete Einsamkeit bemühte. Er trieb dahin, bis die Wellen ihn so abgespült hatten, daß er wie ein Kieselstein zu Grunde schaukelte: eine Insel hoffend.

Die Sirenen des Odysseus

Bindet mich fest, sagte Odysseus zu seinen
Gefährten, denn am Sonnenstand kann ich
erkennen, daß die Sirenen nahen. Während
er sprach, fühlte er jedoch große Beschämung.
Denn sie hatten das Seil herbeigeholt, und
es geschah nun schon die achtzehnte Woche
immer dasselbe: um die fünfte Stunde mußten sie ihn binden. Er stellte sich mit einem
Lächeln gegen den Mast seines Schiffes. Obwohl ihm die Getreuen angeboten hatten, seine Ohren mit Wachs zu ertauben, für die Zeit
der singenden Frauen, verlangte er, jeden Tag
alle Qualen neu zu empfangen. Bindet mich
fest, rief er, schon kräuselt sich die Oberfläche des Meeres vom Tanzschritt ihrer Füße.
Schon werden die Lüfte sanfter. Bindet mich!
Die Töne kommen schon auf mich zu: o Lust
des zerrissenen Fleisches, o Wollust der Pei-
nigung. Singt, ihr Münder, o halbgeöffnete
Engelsmünder, o wassergrüne Augen, Engels-
zungen. Ich will sein, wo es singt, wo es ver-
sunken aus wunderbaren Augen schaut, wo es
mich einsingt, wo es mein Herz hochschlagen
läßt. Bindet mich los, bindet mich los, hört ihr,
bindet mich los, ihr Schurken, hört ihr, bindet
mich los! Wie ein einziges mitleidvolles Wesen stehen die zehn Männer hinter ihm. Be-
wegungslos und mit geballten Fäusten.

Kramen in Fächern

In gewissen Stunden, da keine Kraft zu einer nützlichen oder erholsamen Beschäftigung aufgebracht wird, fangen manche an, in Fächern, Kisten, Kasten und Truhen zu kramen, sich einbildend, eine lange geduldete Unordnung beenden zu müssen. Sie wissen selber nicht, was ihre Finger treibt, zwischen halbvollen Tablettenröhrchen herumzutasten, zwischen Briefumschlägen, entleert von jeglicher Botschaft, zwischen Büroklammern, Bleistiftsstümpfen, Knöpfen, Schächtelchen, Federn, Rädern, unidentifizierbaren Metallteilchen und Staub. Ist eine Ahnung in ihnen von dem, was sie eigentlich zu finden hoffen, wenn sie mit wachsender Unruhe in den Fächern wühlen?

Ihr ausbrechender Eifer, ihre plötzliche Hemmungslosigkeit während des scheinbar sinnlosen Tuns läßt vermuten, sie versuchten aufzustöbern, was sie verloren wissen: die Vergangenheit. Das ist wie ein Kratzen an Gräbern, gegen alle Vernunft, denn immer wieder kommen nur neue Reste zutage. Nichts weiter.

Dann die Kapitulation: Das Fach wird in den Schrank zurückgeschoben. Es ist vorbei.

Arbeitstag

Morgens halb sechs. Der Wecker läutet.

Ich stehe auf, ziehe mein Kleid aus, lege es aufs Kissen, ziehe meinen Pyjama an, gehe in die Küche, steige in die Badewanne, nehme das Handtuch, wasche damit mein Gesicht, nehme den Kamm, trockne mich damit ab, nehme die Zahnbürste, kämme mich damit, nehme den Badeschwamm, putze mir damit die Zähne. Dann gehe ich ins Badezimmer, esse eine Scheibe Tee und trinke eine Tasse Brot.

Ich lege meine Armbanduhr und die Ringe ab.

Ich ziehe meine Schuhe aus.

Ich gehe ins Stiegenhaus, dann öffne ich die Wohnungstür.

Ich fahre mit dem Lift vom fünften Stock in den ersten Stock.

Dann steige ich neun Treppen hoch und bin auf der Straße.

Im Lebensmittelladen kaufe ich mir eine Zeitung, dann gehe ich bis zur Haltestelle und kaufe mir Kipfel, und, am Zeitungskiosk angelangt, steige ich in die Straßenbahn.

Drei Haltestellen vor dem Einsteigen steige ich aus.

Ich erwidere den Gruß des Pförtners, dann grüßt der Pförtner und meint, es ist wieder mal Montag, und wieder mal ist eine Woche zu Ende.

Ich trete ins Büro, sage auf Wiedersehen, hänge meine Jacke an den Schreibtisch, setze mich an den Kleiderständer und beginne zu arbeiten. Ich arbeite acht Stunden.

Veit

Veit hat angerufen stand auf dem kleinen Zettel an meiner Zimmertür. Sonst nichts, keine Nachricht, keine Rückrufnummer, kein in Aussicht gestellter zweiter Versuch, nur dieser eine Satz, mit dem ich wenig anzufangen wusste. Ich kannte keinen Veit. Kein Veit gehörte zu meinen nahen oder fernen Bekannten. Niemand wusste von einem Veit. All das war leicht zu überprüfen, über all das bestand kein Zweifel. Ich konnte mir nicht vorstellen, was er von mir gewollt hatte. Das Ganze schien ihm nicht sehr wichtig zu sein, denn er rief nicht noch einmal an, und je länger er das nicht tat, desto mehr wurde mir zur Gewissheit, dass für mich das Ganze wichtig war, dass dieser Veit mein Leben verändern könnte, dass es jetzt vielleicht zu spät ist, dass er jetzt einen anderen anruft, einen, der da ist und sich nun keine Gedanken mehr zu machen braucht.

Ich mache mir Gedanken. Ich lauere neben dem Telefon. Ich laufe Menschen hinterher, die, wie ich zu hören glaube, vor dem Kino, im Zug, auf der Straße, etwas von einem Veit erzählen, jemanden mit diesem Namen rufen. Mir ist es kaum noch peinlich, sie anzusprechen. Mein Veit ist nie dabei, mein Veit war nie gemeint. Meistens habe ich mich einfach verhört, und der Anruf liegt mit jedem Tag weiter zurück, auch darüber besteht kein Zweifel. Langsam ist es an der Zeit, sich abzufinden. Ich weiß, dass diese Suche zwecklos ist. Ich weiß, dass ich ihn nie finden werde. Ich weiß auch, dass er sich nicht noch einmal melden wird. Ich muss mich auf ein Leben ohne Veit einstellen.

omoton

tom oder otto sollte omo holen, wollte jedoch roller. so wollte tom oder otto ohne omo fortkommen, doch noch vor morgen motorroller bekommen. wo sollte tom oder otto, ohne sorge, ob onkel robert den kot von den socken losbekommen konnte, solche motorroller noch vor morgen geborgt bekommen? mochte onkel robert omo geborgt bekommen! sollte onkel robert socken ohne wolle besorgen! wollsocken rochen so folternd. (onkel robert soll toms oder ottos onkel vorstellen.)

so zog tom oder otto vors kloster. dort rosteten oft motorroller. oboen schollen von den
klosterfenstern. so loben nonnen den großen,
schmollte tom oder otto. doch tom oder otto
zog toms oder ottos ohr roh fort vom gejodel.
dort, dort vorn, rot, roller! so konnte tom oder
otto tom oder otto fortlocken. doch weder tom
noch otto log. rot rosteten roller vor dem kloster der klosterschwestern.

hoch klomm tom oder otto. ohne trotz
gehorchten roller oder der roller. morgenrot
floß schon rot von tom oder otto, noch bevor
onkel robert noch vor morgen omo borgen
trottete.

Ruhende Aktivität

Aufgrund meiner Weigerung, reale Sachzwän-
ge anzuerkennen, werde ich von Strahlen-
schutzbeamten aufgegriffen und, da ich eine
über der kritischen Toleranzgrenze liegende
Aktivität ausstrahle, in einen strahlungs-
sicheren Behälter verpackt und unter Polizei-
schutz in ein nationales Entsorgungszentrum
verbracht, wo ich zunächst in einem Abkling-
becken zwischengelagert werde, bis meine
mittelschwere Aktivität auf die zulässigen
Emissionswerte abgeklungen ist. Anschlie-

ßend werde ich von vollautomatischen Greifern gepackt, in einer Salpeterlösung gebadet und mit Hilfe von Laserstrahlen in handliche Stücke zersägt. Meine dabei freiwerdende Aktivität darf ich unkontrolliert an die Umwelt abgeben. Danach werde ich in Glasbeton eingegossen und im Kugelhaufverfahren in einem tausend Meter tiefen Salzstock endgelagert, wo ich jahrtausendelang ungestört vor mich hinstrahle, nur ab und zu durch ein Erdbeben oder einen Grundwassereinbruch in meiner ruhenden Aktivität gestört. Obwohl ich nach menschlichem Ermessen absolut sicher endgelagert bin, werden durch kleinere Pannen, Störfälle und Sabotageakte große, dichtbesiedelte Landstriche rings um das nationale Entsorgungszentrum für immer unbewohnbar gemacht. Nach 480 000 Jahren ist meine Aktivität soweit abgeklungen, daß ich aus meinem unterirdischen Gefängnis befreit und auf der DOCUMENTA in Kassel gezeigt werden kann, wo ich als umweltfreundliches Kunstwerk mit dem Kunstpreis des Landes Niedersachsen ausgezeichnet werde.

Der Entschluß

An einem kalten Wintertag wurde eine Frau, die wir interesselos Frau K. nennen wollen, auf der Straße von jungen Leuten angesprochen, ob sie nicht auch etwas für den Frieden tun wolle. O ja, sehr gern, antwortete Frau K. Soll ich etwas unterschreiben? Zum Beispiel, sagten die jungen Leute. Da zog Frau K. ihre Hand aus der Manteltasche, aber aus dem Ärmel ragte ein blutiger Stumpf, der sofort die ihr hingehaltene Unterschriftenliste beschmierte. Haben Sie nichts anderes, womit Sie unterschreiben können? wurde Frau K. gefragt. Sie nickte. Aus der anderen Manteltasche zog sie ein Küchenmesser. Aber damit doch nicht, riefen die jungen Leute. Sie nahmen die Unterschriftenliste an sich und berieten. Frau K. steckte das Küchenmesser in die eine Tasche, die fehlende Hand in die andere Tasche und wartete, die jungen Leute im Auge behaltend. Vielleicht, sagte schließlich einer zaghaft zu ihr, vielleicht wollen Sie doch lieber etwas anderes für den Frieden tun. Oder auch gar nichts. Oder für einen anderen Zweck. Nein, sagte Frau K., mein Entschluß ist gefaßt. Ich unterschreibe.

Der Traum von der Steppe

Ich stehe in einer Steppe aus stillem Grau, das in jedem seiner verwaschenen Striche mit dem stillen grauen Himmel verfließt. Nicht Gras noch Wolke ist erkennbar, nichts regt sich, doch alles ist in Bewegung: Ein ungeheurer Arm wiegt Luft und Land, und gleichzeitig erzittert das tiefste Innen der schlafenden Materie. – Alles kann noch draus werden, denke ich verzückt und schwebe schwerelos in die Ferne und fühle nur das Wiegen und Zittern wie einen durch alle Poren der Seele hinziehenden Wind. – Wehen, wehen, denke ich und spüre, daß ich mich auflösen kann, da sehe ich irgendwo im Grauen ein Stäubchen in hellerem Glanz erdunkeln; es ist nur ein Fäserchen eines Halmes und das leiseste Mehr eines Schattendämmerns, doch es weckt etwas, von dem ich ahne, daß es Schmerz und Erstarrung ist. Erde und Himmel sind plötzlich geschieden; der Wind hält ein; schwarzer Riß einer Grenze, doch da ist das Stäubchen schon wieder ins zitternde Grau zurückgesunken, und wieder hebt mich die Leere und gleitet; und: Wehen, wehen, denke ich noch und vergehe verzückt im grauen All.

Straßenverkehr

Zwanzig Hausfrauen schreiben eine Autonummer auf, weil sie beobachtet haben, daß der Fahrer an einem anderen Auto, das ihnen nicht gehört, einen Kratzer verursacht hat. Wen oder was verfolgen sie da? Etwa nur das Ziel, die Flucht des Täters zu verhindern? Wen zu verfolgen haben sie unterlassen, daß sie nun ihre Energien in die Verfolgung der Beschädigung eines fremden Eigentums investieren? Wie große Verzichte haben sie geleistet, daß sie so große Verfolgungsenergien entwickeln? Wie mühsam muß das System dieser Verzichte aufrechtzuerhalten sein, daß sie bei so geringem Anlaß so große Anstrengungen machen?

Jeder kennt diese Autoerlebnisse und verschweigt sie, weil er sie für unwichtig hält, besser, weil es ihm peinlich ist, sie für wichtig zu halten. Wenn aber der ganze Alltag von diesen unscheinbaren Formen des Terrors durchsetzt ist, wenn das Bedürfnis nach Austausch, nach Mitteilung, nach Solidarität an diesen verschüchterten Äußerungen des Hasses abprallt, so stark, daß davon alle großzügigeren Ausdrucksformen des Hasses geschluckt werden, dann sind eben diese Kleinigkeiten vorläufig die Hauptsache, und von ihnen ausgehend, müssen die Quellen und die wirklichen Ziele dieser Aggression bestimmt werden.

Ein Wort, das ich
normalerweise nie verwende

Ich war z. B. mal in Berlin, durfte in der Wohnung eines Freundes übernachten, und als ich dem Taxifahrer Straße und Hausnummer nannte, fragte er: »Wo ischn des?« – »Woher soll *ich* das denn wissen, verdammtescheißenochmal«, sagte ich noch formvollendet, wurde dann aber dermaßen zugeschwäbelt – »Ja, gehet Sie do glei zur NPD!« (dabei wollte ich da gar nicht hin) –, daß ich voller Groll nach dem Aussteigen die hintere rechte Tür offenließ, anstatt sie etwa zuzuknallen, woraufhin der Droschkenschwabe mich, was ich gehofft hatte, anherrschte: »Machet Sie kfällikscht die Türe zu, Sie Rabauge!« Ich – natürlich immer noch ganz ruhig – sagte: »Mach du doch deine Scheißtür selber zu, du …, du …«

Und dann fiel mir keine Beschimpfung ein. Null.

Nichts zu wollen.

»Mach du doch deine Scheißtür selber zu, du …, du …, du …« Und kurz vor dem Einschlafen fiel mir dann doch noch ein würdiger Satzschluß ein. »Mach du doch deine Scheißtür selber zu, du Therapiekrüppel.«

So ein schöner Satz.

Mach du doch deine Scheißtür selber zu, du Therapiekrüppel. Da ist ja nun alles drin. »Sobald jemand seine Scheißtür nicht selber zumacht und einigermaßen aussieht wie ein

Therapiekrüppel«, nahm ich mir vor, »kriegt er den Satz hingesemmelt, so wahr ich hier liege und morgen früh wieder abreise.«

Taxi zum Bahnhof Zoo. Der Fahrer ist aus Ghana, gibt mir von seinem *ganja* ab, dreht volle Socke B. B. King auf, wir singen mit, daß Gott erbarm'. Der Mitropa-Kellner, der sich noch von vorgestern her an mich erinnert, fragt: »Einmal Stamm?« und bringt mir den Skandinavischen Fischteller mit dreifach Meerrettich. »Ha'ick jeklaut«, raunt er mir zu. Hamburg. In der U-Bahn nach Hause sitzen zwei ganz leicht angeheiterte Angehörige der Unterklasse. »Kommßu von Blohm & Voss?« wollen sie von mir wissen. Nein. »Du auch nich? Wir suchen auch schon den ganzen Tag. Ist aber wohl zu neblig.« Daheim. Meine liebe, kluge und hinreißend schöne Nachbarin wankt unter Einkäufen, nestelt nach ihrem Schlüssel, schließt auf und sagt über die Schulter: »Machst mal hinter mir Tür zu, Alter?«

Ja. Sie haben es kommen sehen. Aber jetzt müssen Sie bis zum Schluß durchhalten. »Mach du doch deine Scheißtür selber zu, du Therapiekrüppel«, sage ich; was soll ich auch sonst sagen. So viele schöne Sätze hat man nicht.

Sie läßt alles fallen, wirbelt herum: »Woher weißt du das? Hat Ebi wieder gequatscht? Oder merkt man das?«

Rückfrage

Ein Witz ist eine perfekte Illustration von Dialektik. Jeder gute Witz hat als Inhalt eine Katastrophe. Und die Pointe ist immer eine Überraschung. Ich nehme Witze sehr ernst. Zu Hause oder in Gesellschaft erzähle ich keine Witze. Um zu illustrieren, wie ernsthaft ein Witz ist, ein Witz:

Es geht um Frau Goldmann. Frau Goldmann ist achtzig Jahre alt und lebt in Florida. Ihr Mann, ein fürchterlicher Typ, ist gestorben, sie lebt allein und hat nur einen Wunsch, dass ihr Enkelkind, das Kind ihrer Tochter in New York, sie einmal besucht. Das Kind, Irving hieß es, fünf Jahre alt, wurde von der Mutter in New York ins Flugzeug gesetzt und flog nach Florida zur Großmutter.

Die Großmutter war überglücklich. Sie kaufte Irving eine Schaufel, einen Eimer, eine schöne Mütze, und jeden Tag gingen sie zum Strand. Dort saß sie und sah zu, wie Irving gebuddelt hat, und war überglücklich. Bis eines Tages eine riesige Welle kam, sie hat Irving verschlungen und mit sich gerissen.

Frau Goldmann war empört, sie hat mit Gott geschimpft: »Wie kannst du so was tun? War ich nicht immer eine gute Jüdin? Jeden Samstag bin ich in die Synagoge gegangen. Ich habe gebetet. Ich war immer gut zu dem Jungen. Was machst du mit ihm? Wie kannst du so was tun? Irving ist mein Leben.« In diesem

Moment kommt wieder eine große Welle, und Irving ist wieder da. Er buddelt weiter, Frau Goldmann ist überglücklich, geht auf die Knie und sagt: »Ja, du bist doch der beste Gott, du bist der größte Gott, und ich gehe jeden Tag in die Synagoge, aber – wo ist seine Mütze?«

Zwei Stationen

Der Anstreicher

Der Anstreicher ist auf ein Gerüst geklettert und sieht sich nun etwa vierzig oder fünfzig Meter vom Erdboden entfernt. Er lehnt sich an ein Holzbrett. Während er mit einem großen Kienspan im Kübel umrührt, schaut er auf die Leute hinunter, die die Straße bevölkern. Er ist bemüht, Bekannte herauszufinden, was ihm auch gelingt, aber er hat nicht die Absicht, hinunter zu schreien, denn da würden sie heraufschauen und ihn lächerlich finden. Ein lächerlicher Mensch in einem schmutzigen gelben Anzug mit einer Zeitungspapierkappe auf dem Kopf! Der Anstreicher vergißt seine Aufgabe und blickt senkrecht hinunter auf die schwarzen Punkte. Er entdeckt, daß er niemand kennt, der sich in einer ähnlich lächerlichen Situation befände. Wenn er vierzehn oder fünfzehn Jahre alt wäre! Aber mit zweiunddreißig! Während dieser Überlegung rührt er ununterbrochen im Farbkübel um. Die anderen Anstreicher sind zu sehr beschäftigt, als daß ihnen an ihrem Kollegen etwas auffiele. Ein lächerlicher Mensch mit einer Zeitungspapierkappe auf dem Kopf! Ein lächerlicher Mensch! Ein entsetzlich lächerlicher Mensch! Jetzt ist ihm, als stürze er in diese Überlegung hinein, tief hinein und hinunter, in Sekundenschnelle, und man hört Aufschreie, und als der junge Mann unten aufgeplatzt ist, stürzen die Leute auseinander. Sie sehen den umgestülpten Kübel auf ihn fallen und gleich ist der Anstreicher mit gelber Fassadenfarbe übergossen. Jetzt heben die Passanten die Köpfe. Aber der Anstreicher ist natürlich nicht mehr oben.

Der Oger

Am gleichen Abende, an welchem der Oger im Restaurant erschien, wurde zwei Stunden später, schon zur Schlußzeit des Wirtshauses, auf einer nahe gelegenen Straßenkreuzung ein älterer Mann überfahren und getötet, dessen Identität dann nicht festgestellt werden konnte. Der Oger erschien etwa um ein halb neun Uhr blitzenden Auges in der Gaststätte; versperrte zunächst, stehenbleibend, mit seinem mächtigen Leibe den Windfang, sah im Raume umher und setzte dabei die Zähne auf die Unterlippe: es entstand der Eindruck, als seien die Eckzähne länger als die anderen; und sie waren es; der erste Augenschein hatte nicht getrogen. Der Oger ging danach auf einen größeren unbesetzten Tisch zu, ließ sich am einen Ende nieder, und es begann bald das Essen, wobei zwischen dem sechsten und dem achten Gericht der alte Oberkellner auch noch mit dem Wechseln eines Tausendmarkscheines beschäftigt wurde; er mußte ein Küchenmädchen damit über die Gasse schikken. Am Ende zahlte der Oger dann doch mit zwei weiteren Tausendern, auf die er gar nicht mehr viel herausbekommen sollte; denn zwischen dem zwölften und vierzehnten Gericht war der Tisch des Ogers bereits von einem Dutzend Personen besetzt, die er alle gnädig herbeigewunken und eingeladen hatte, und weiterhin mußte, unter beflissener Mithilfe des Wirtes, welcher vom Anfange an oftmals dienernd um des Ogers Tisch gestrichen war, noch ein zweiter angeschoben werden, denn es waren inzwischen mehr als dreißig Esser geworden. Der Wirt bediente dann selbst, der alte Ober war schon verschwunden, was im Essens-Rausch anscheinend niemand beachtete (nur der Wirt wußt' es allzugut, wohin jener geraten war). Gegen elf Uhr trat kompletter Kahlfraß ein, der Oger hob die Tafel auf, und die Gäste torkelten schwer ab. Als der Wirt am nächsten Tage an die Leiche des Überfahrenen gerufen wurde, um festzustellen, ob dieser, wie jemand vermeint hatte, der

Kellner aus seinem Wirtshause sei, bejahte er diese Frage angesichts des ihm völlig fremden Toten sogleich, denn es war ihm ja wohl bewußt, daß sein Ober am verwichenen Abende von dem Oger und seinen Gästen aufgegessen worden war. So kam es, daß drei Tage später fast dreißig Personen hinter dem Sarge eines Unbekannten gingen, dessen honettes Begräbnis sie bestellt hatten, um jetzt am Friedhofe bedrückt und niedergeschlagen im Leichenzuge zu wandeln, da keiner so genau wußte, ob er nicht doch und wie weit er etwa an dieser Sache beteiligt sei. Es sah ganz wie echte Trauer aus. Selbstverständlich ging auch der Wirt schwarzgekleidet mit.

Tiny, die Kraftmaid

Philibert besaß aus der Hinterlassenschaft einer alten Tante, einer geborenen von Pock, einen verschlissenen Wunschsäckel; so stand er sich finanziell leidlich unabhängig. Wenn er sich nützlich machte, war es nicht aus Not, sondern weil es im Reich der Riesen der Brauch war.

Er arbeitete als Bebaumer; denn der Rieseninsel fehlte es noch an Schatten. Er hatte eine Gehilfin, eine minderjährige Riesin, die Tiny hieß und ihm die Töpfe mit den Stecklingen trug.

Ihre Beziehungen gediehen bald über das Berufliche hinaus.

Tiny war gesund, rothaarig und reizend. Die Knospen ihrer kindlichen Brüste hatten die Größe, die Farbe und die porig gerunzelte Festigkeit von dickschaligen Apfelsinen.

Der Größenunterschied zwischen ihren Körpern, über den sich Philibert insgeheim beunruhigte, machte Tiny nichts aus. »Ich forsche noch«, äußerte Philibert, »welche Form der liebenden Berührung dir am meisten zusagt.«

»Alle«, sagte Tiny und unterwarf ihn einem herzhaften Geschlechtsverkehr.

Tiny war die erste, aber keinesfalls die letzte seiner Frauen, die mit Philibert umsprang, wie ihr zu Mut war. Alle Frauen wissen, wonach sie verlangen, und keine von ihnen ist einfühlsam. Das ist wahrscheinlich der Grund für die Überlegenheit des weiblichen Geschlechts in der menschlichen Rasse. Keine Frau hat je erfahren, daß auch ein Mann eigene Gefühle haben kann.

Es endete aber gewöhnlich damit, daß sie ihn auf den sandigen Strand einer Bucht hinschmiß und sich mit ihrem vollen Gewicht auf ihn. Dabei preßte sie ihm alle Luft aus dem Brustkorb. Hören und Sehen verging ihm. Und wenn die Luft in seine Lungen zurückkehrte und Hören und Sehen ihm wiederkam, fand er sie sitzen, das rote Haar im Seewind.

»Was für ein großer starker Mann du bist«,
sagte sie ernsthaft und hielt für wahr, was sie
sagte.

Dann zeigte sie strahlende Laune und rief:
»Was wir tun, ist sittlich, ich fühle es.«

Anekdote zur Senkung der Arbeitsmoral

In einem Hafen an der westlichen Küste Euro-
pas liegt ein ärmlich gekleideter Mann in seinem Fischerboot und döst. Ein schick angezo-
gener Tourist legt eben einen neuen Farbfilm
in seinen Fotoapparat, um das idyllische Bild
zu fotografieren: blauer Himmel, grüne See
mit friedlichen, schneeweißen Wellenkäm-
men, schwarzes Boot, rote Fischermütze. Klick.
Noch einmal: klick, und da aller guten Dinge
drei sind und sicher sicher ist, ein drittes Mal:
klick. Das spröde, fast feindselige Geräusch
weckt den dösenden Fischer, der sich schläfrig
aufrichtet, schläfrig nach seiner Zigaretten-
schachtel angelt, aber bevor er das Gesuchte
gefunden, hat ihm der eifrige Tourist schon
eine Schachtel vor die Nase gehalten, ihm die
Zigarette nicht gerade in den Mund gesteckt,
aber in die Hand gelegt, und ein viertes Klick,
das des Feuerzeuges, schließt die eilfertige
Höflichkeit ab. Durch jenes kaum meßbare,

nie nachweisbare Zuviel an flinker Höflichkeit ist eine gereizte Verlegenheit entstanden,
die der Tourist – der Landessprache mächtig –
durch ein Gespräch zu überbrücken versucht.

»Sie werden heute einen guten Fang machen.«

Kopfschütteln des Fischers.

»Aber man hat mir gesagt, daß das Wetter
günstig ist.«

Kopfnicken des Fischers.

»Sie werden also nicht ausfahren?«

Kopfschütteln des Fischers, steigende Ner-
vosität des Touristen. Gewiß liegt ihm das
Wohl des ärmlich gekleideten Menschen
am Herzen, nagt an ihm die Trauer über die
verpaßte Gelegenheit.

»Oh, Sie fühlen sich nicht wohl?«

Endlich geht der Fischer von der Zeichen-
sprache zum wahrhaft gesprochenen Wort
über. »Ich fühle mich großartig«, sagt er. »Ich
habe mich nie besser gefühlt.« Er steht auf,
reckt sich, als wollte er demonstrieren, wie
athletisch er gebaut ist. »Ich fühle mich phan-
tastisch.«

Der Gesichtsausdruck des Touristen wird
immer unglücklicher, er kann die Frage nicht
mehr unterdrücken, die ihm sozusagen das
Herz zu sprengen droht: »Aber warum fahren
Sie dann nicht aus?«

Die Antwort kommt prompt und knapp.
»Weil ich heute morgen schon ausgefahren
bin.«

»War der Fang gut?«

»Er war so gut, daß ich nicht noch einmal auszufahren brauche, ich habe vier Hummer in meinen Körben gehabt, fast zwei Dutzend Makrelen gefangen …«

Der Fischer, endlich erwacht, taut jetzt auf und klopft dem Touristen beruhigend auf die Schultern. Dessen besorgter Gesichtsausdruck erscheint ihm als ein Ausdruck zwar unangebrachter, doch rührender Kümmernis.

»Ich habe sogar für morgen und übermorgen genug«, sagt er, um des Fremden Seele zu erleichtern. »Rauchen Sie eine von meinen?«

»Ja, danke.«

Zigaretten werden in Münder gesteckt, ein fünftes Klick, der Fremde setzt sich kopfschüttelnd auf den Bootsrand, legt die Kamera aus der Hand, denn er braucht jetzt beide Hände, um seiner Rede Nachdruck zu verleihen.

»Ich will mich ja nicht in Ihre persönlichen Angelegenheiten mischen«, sagt er, »aber stellen Sie sich mal vor, Sie führen heute ein zweites, ein drittes, vielleicht sogar ein viertes Mal aus und Sie würden drei, vier, fünf, vielleicht gar zehn Dutzend Makrelen fangen … stellen Sie sich das vor.«

Der Fischer nickt.

»Sie würden«, fährt der Tourist fort, »nicht nur heute, sondern morgen, übermorgen, ja, an jedem günstigen Tag zwei-, dreimal, vielleicht viermal ausfahren – wissen Sie, was geschehen würde?«

Der Fischer schüttelt den Kopf.

»Sie würden sich in spätestens einem Jahr einen Motor kaufen können, in zwei Jahren ein zweites Boot, in drei oder vier Jahren könnten Sie vielleicht einen kleinen Kutter haben, mit zwei Booten oder dem Kutter würden Sie natürlich viel mehr fangen – eines Tages würden Sie zwei Kutter haben, Sie würden …«, die Begeisterung verschlägt ihm für ein paar Augenblicke die Stimme, »Sie würden ein kleines Kühlhaus bauen, vielleicht eine Räucherei, später eine Marinadenfabrik, mit einem eigenen Hubschrauber rundfliegen, die Fischschwärme ausmachen und Ihren Kuttern per Funk Anweisung geben. Sie könnten die Lachsrechte erwerben, ein Fischrestaurant eröffnen, den Hummer ohne Zwischenhändler direkt nach Paris exportieren – und dann …«, wieder verschlägt die Begeisterung dem Fremden die Sprache. Kopfschüttelnd, im tiefsten Herzen betrübt, seiner Urlaubsfreude schon fast verlustig, blickt er auf die friedlich hereinrollende Flut, in der die ungefangenen Fische munter springen. »Und dann«, sagt er, aber wieder verschlägt ihm die Erregung die Sprache.

Der Fischer klopft ihm auf den Rücken, wie einem Kind, das sich verschluckt hat. »Was dann?« fragt er leise.

»Dann«, sagte der Fremde mit stiller Begeisterung, »dann könnten Sie beruhigt hier im Hafen sitzen, in der Sonne dösen – und auf das herrliche Meer blicken.«

»Aber das tu ich ja schon jetzt«, sagt der Fischer, »ich sitze beruhigt am Hafen und döse, nur Ihr Klicken hat mich dabei gestört.«

Tatsächlich zog der solcherlei belehrte Tourist nachdenklich von dannen, denn früher hatte er auch einmal geglaubt, er arbeite, um eines Tages einmal nicht mehr arbeiten zu müssen, und es blieb keine Spur von Mitleid mit dem ärmlich gekleideten Fischer in ihm zurück, nur ein wenig Neid.

Das Haus an der Costa Brava

Eine Anzeige in der Frankfurter Allgemeinen Zeitung: Echt spanisches Haus an der Costa Brava zu verkaufen. Sehr geeignet für Bar oder Antiquitätenladen.

Der Professor, Verfasser einer berühmten, nur von wenigen gelesenen, von keinem verstandenen Philosophie, erwirbt das Haus und träumt vom glücklichen Leben eines Barbesitzers. Hinter ihm die enttäuschenden hoffnungslosen Bemühungen um eine Erkenntnis, hinter ihm auch der fruchtlose akademische Lehrbetrieb. Vielleicht ist die Bar an der Costa Brava die Säule des Sokrates, das Faß des Diogenes. Der Professor ist aber verheiratet. Seine Frau sah ihn als großen Mann, als den bedeutendsten Geist der Zeit. Dieser Glaube entschädigte sie für viele unbefriedigte Wünsche. Sie begreift seine Flucht nach Spanien nicht. Sie versteht nicht, daß er, nachdem er sich um Weisheit bemüht hat, nun weise sein will. Sie verliert eine Illusion. Wahrscheinlich fühlt sie sich einfach gesellschaftlich degradiert. Sie sagt, du bist alt, du bist senil, du bist am Ende, was bist du geworden: ein Wirt. Und wirklich, ihre Worte töten seinen Glauben an die philosophische Existenz, er vergißt sein System, sein Denken wird fett, er unterhält sich mit seinen Gästen, er spielt, er würfelt, er trinkt mit ihnen, ganz wie ein Wirt. Er könnte glücklich sein. Aber seine Frau hält ihm ständig einen Spiegel vor, in dem er nicht glücklich, sondern nur dümmlich ist. Die Ehe, die Bar wird zu einer kleinen Hölle, in der sie beide schmoren. Denn der gereizte Denker denkt nun wieder, und er denkt, daß sie, die Frau, schon lange vor dem Kauf des spanischen Hauses ihn von dem Höheren, das er suchte, abgelenkt hat, auf die Bahn des Professors. Auf Literatenruhm, auf Rundfunksprüche und Zeitungsumfragen, und er war gewöhnlich geworden, bevor er ein gewöhnliches Leben zu führen versuchte. Oder war er niemals der bedeutende Geist, war er auch das nur in den Augen seiner Frau, wie er jetzt für sie der Gastwirt ist, und was ist er nun wirklich? Er wird nichts mehr schreiben, nichts mehr lehren. Er könnte ein Weiser werden. Manchmal

denkt er, dies ist meine Chance, die einzige, die
ich überhaupt hatte. Aber er ist nicht Sokrates,
um Xanthippe ertragen zu können. Sie arbei-
tet an seinem und ihrem Untergang. Er wird,
was sie ihm vorhält: ein blöder trinkender
Greis, ein ganz gewöhnlicher Wirt eines ganz
gewöhnlichen Ausschanks.

Freundlich sein

Wirklich, man sollte versuchen, freundlich zu
sein.

Zu den Zugvögeln in erster Linie sollte man
freundlich sein, man sollte ihre Flüge nicht un-
terbrechen und aus ihren Staffeln keine Mit-
glieder abschießen. Sie könnten sich den Vor-
fall merken und nicht mehr zurückkommen.

Mit den Bäumen, die man im Lande hat,
sollte man in gutem Verhältnis stehen, denn
es ist nicht erwiesen, daß sie es nötig haben,
sich in unsern Landschaften aufzuhalten. Sie
kennen vielleicht schönere, und es bedarf nur
eines kleinen Vorfalls und sie siedeln dorthin
über. Nicht umsonst stehen ganze Gebirgszü-
ge leer, nicht umsonst. Man sollte vorsichti-
ger sein, dem vorbeugen und ihrer gedenken,
wenn man an Freunde schreibt.

Auch mit den Flüssen, die man besitzt, muß
man sich Mühe geben. Man sollte nicht jede

hergelaufene Ochsenherde aus ihnen saufen lassen, sollte ihnen vortreffliche Brücken aufsetzen und ihrem Wasser nur ausgesuchte Schiffe anvertrauen. Es könnte sonst geschehen, daß sie eilends die Bäche einsammeln, die Seen aussaugen, Moore und Dorfteiche auslecken und mit dem gesamten Wasser über Nacht verschwinden. Man sollte schon deshalb zuvorkommend sein, um zu vermeiden, daß sie anderswo Überschwemmungen bilden. Andere Flüsse sähen sich da vielleicht ihrer Rechte beraubt. Wirklich, man sollte freundlich sein, denn wer kennt sie so gut, daß er mit Bestimmtheit sagen kann: sie sind auf uns angewiesen.

Man sollte es mit allen Mitteln versuchen. Man sollte immer ein paar Melodien im Kopf haben, daß man einfallslosen Straßengeigern Vorschläge machen kann.

Wer hat schon einmal geträumt, ein Mörder geworden zu sein

Wer hat schon einmal geträumt, ein Mörder geworden zu sein und sein gewohntes Leben nur der Form nach weiterzuführen? Damals, zu der Zeit, die noch andauert, lebte Gregor Keuschnig seit einigen Monaten als Pressereferent der österreichischen Botschaft in

Paris. Er bewohnte mit seiner Frau und der vierjährigen Tochter Agnes ein dunkles Appartement im sechzehnten Arrondissement. Das Haus, ein französisches Bürgerhaus aus der Jahrhundertwende, mit einem steinernen Balkon an der zweiten und einem gußeisernen an der fünften Etage, stand neben ähnlichen Gebäuden an einem ruhigen Boulevard, der ein wenig abschüssig zur Porte d'Auteuil hinunter verlief, die eine der westlichen Stadtausfahrten bildet. Nur alle fünf Minuten etwa klirrten untertags die Gläser und Teller im Eßzimmerschrank, wenn in der Senke neben dem Boulevard der Zug vorbeifuhr, der Reisende von der Peripherie zur Gare St. Lazare in die Mitte der Stadt brachte, wo sie zum Beispiel in die Züge nach Nordwesten, an den atlantischen Ozean, nach Deauville oder Le Havre, umsteigen konnten. (Manche der oft schon etwas älteren Bewohner dieses Quartiers, in dem vor hundert Jahren noch Weinberge gestanden hatten, fuhren auf diese Weise an den Wochenenden mit ihren Hunden ans Meer.) In der Nacht aber, wenn nach neun Uhr abends keine Züge mehr fuhren, war es an dem Boulevard so still, daß man bei dem leichten Wind, der oft hier ging, ab und zu die Blätter der Platanen vor den Fenstern rieseln hörte. In einer solchen Nacht Ende Juli hatte Gregor Keuschnig einen langen Traum, der damit anfing, daß er jemanden getötet hatte.

Auf einmal gehörte er nicht mehr dazu. Er versuchte sich zu verändern, so wie ein Stellungssuchender »sich verändern« will; doch um nicht entdeckt zu werden, mußte er genau so weiterleben wie bisher und vor allem so bleiben wie er war. Auf diese Weise war es schon eine Verstellung, wenn er sich wie gewöhnlich mit andern zum Essen setzte; und daß er plötzlich so viel redete, von sich, von seinem »früheren Leben«, tat er nur, um von sich abzulenken. Welche Schande werde ich meinen Eltern bereiten, dachte er, während die Ermordete, eine alte Frau, dürftig vergraben in einer Holzkiste lag: ein Mörder in der Familie! Am meisten aber bedrückte ihn, daß er jemand andrer geworden war und doch weiter so tun mußte, als ob er dazugehörte. Der Traum endete damit, daß ein Vorübergehender die Holzkiste aufmachte, die inzwischen schon offensichtlich vor seinem Haus stand.

Streuselschnecke

Der Anruf kam, als ich vierzehn war. Ich wohnte seit einem Jahr nicht mehr bei meiner Mutter und meinen Schwestern, sondern bei Freunden in Berlin. Eine fremde Stimme meldete sich, der Mann nannte seinen Namen, sagte mir, er lebe in Berlin, und fragte, ob ich ihn kennenlernen wolle. Ich zögerte, ich war mir nicht sicher. Zwar hatte ich schon viel über solche Treffen gehört und mir oft vorgestellt, wie so etwas wäre, aber als es soweit war, empfand ich eher Unbehagen. Wir verabredeten uns. Er trug Jeans, Jacke und Hose. Ich hatte mich geschminkt. Er führte mich ins Café Richter am Hindemithplatz und wir gingen ins Kino, ein Film von Rohmer. Unsympathisch war er nicht, eher schüchtern. Er nahm mich mit ins Restaurant und stellte mich seinen Freunden vor. Ein feines, ironisches Lächeln zog er zwischen sich und die anderen Menschen. Ich ahnte, was das Lächeln verriet. Einige Male durfte ich ihn bei seiner Arbeit besuchen. Er schrieb Drehbücher und führte Regie bei Filmen. Ich fragte mich, ob er mir Geld geben würde, wenn wir uns treffen, aber er gab mir keins, und ich traute mich nicht, danach zu fragen. Schlimm war das nicht, schließlich kannte ich ihn kaum, was sollte ich da schon verlangen? Außerdem konnte ich für mich selbst sorgen, ich ging zur Schule und putzen und arbeitete als Kindermädchen. Bald würde ich alt genug sein, um als Kellnerin zu arbeiten, und vielleicht wurde ja auch noch eines Tages etwas Richtiges aus mir. Zwei Jahre später, der Mann und ich waren uns noch immer etwas fremd, sagte er mir, er sei krank. Er starb ein Jahr lang, ich besuchte ihn im

Krankenhaus und fragte, was er sich wünsche. Er sagte mir, er habe Angst vor dem Tod und wolle es so schnell wie möglich hinter sich bringen. Er fragte mich, ob ich ihm Morphium besorgen könne. Ich dachte nach, ich hatte einige Freunde, die Drogen nahmen, aber keinen, der sich mit Morphium auskannte. Auch war ich mir nicht sicher, ob die im Krankenhaus herausfinden wollten und würden, woher es kam. Ich vergaß seine Bitte. Manchmal brachte ich ihm Blumen. Er fragte nach dem Morphium, und ich fragte ihn, ob er sich Kuchen wünsche, schließlich wußte ich, wie gerne er Torte aß. Er sagte, die einfachen Dinge seien ihm jetzt die liebsten – er wolle nur Streuselschnecken, nichts sonst. Ich ging nach Hause und buk Streuselschnecken, zwei Bleche voll. Sie waren noch warm, als ich sie ins Krankenhaus brachte. Er sagte, er hätte gerne mit mir gelebt, es zumindest gern versucht, er habe immer gedacht, dafür sei noch Zeit, eines Tages – aber jetzt sei es zu spät. Kurz nach meinem siebzehnten Geburtstag war er tot. Meine kleine Schwester kam nach Berlin, wir gingen gemeinsam zur Beerdigung. Meine Mutter kam nicht. Ich nehme an, sie war mit anderem beschäftigt, außerdem hatte sie meinen Vater zuwenig gekannt und nicht geliebt.

Vatertag

Jetzt erklärt sich alles: Das kleine Mädchen da drüben hat heute seinen Vatertag. Er hat sich im Betrieb einen freien Tag genommen, ihr hat die Mutter früh die blaue Schleife in den Pferdeschwanz gebunden: Mach mir keine Schande! – Vielleicht steht im Scheidungsurteil: Jeden zweiten Donnerstag im Monat.

(Ein Vater für alle Tage führt seine kleine Tochter nicht in dieses Espresso, in dem manche Männer – zum Beispiel mein Nachbar rechter Hand – schon mittags um zwölf Sekt trinken. Manche Frauen auch, zum Beispiel ich.)

Was nicht im Urteil steht: Du sollst deinem Kinde nicht nur einen Orangensaft bestellen, sondern auch mit ihm reden. Aber das will der Vater ja sehr gerne, sonst rauchte er nicht so heftig. Nur: Er kann es nicht mehr.

(Mein Nachbar rückt auf den Hocker unmittelbar neben dem meinen, um einem Pärchen Platz zu machen. Er zahlt, wartet aber lange und geduldig auf sein Wechselgeld.)

Ein Alle-Tage-Vater sagte seiner Tochter nicht so schonend, sie solle die Ellenbogen von der Theke nehmen, und sie gehorchte ihm nicht so höflich.

(Aus Versehen bringt eine neue Kellnerin meinem Nachbarn noch ein Glas Sekt. Er nimmt es an und sagt: Eine gute Idee!)

76

Wie in der blanken dampfenden Kaffeemaschine der Kaffee entsteht, das kann der Vater gut erklären, er hat die gerade Nase, die auf mathematische Talente deutet, und die viereckigen zuverlässigen Fingerkuppen des Technikers. Nur interessiert sich seine kleine Tochter nicht für Kaffeemaschinen.

(Die Finger meines Nachbarn sind nicht gewöhnt, den Stiel eines Sektglases anzufassen. Übrigens sieht er nicht so aus, als habe er etwas zu feiern.)

Das Mädchen drüben hat seinen Kopf in die Hände gestützt und möchte gehen. Dies ist ein Wunsch, den der Vater mit ihr teilt. Er trinkt seinen Kaffee aus.

(Mein Nachbar zahlt zum zweiten Mal. Falls er wirklich Unerfreuliches erlebt hat, weiß er sich zu beherrschen.)

Vater und Tochter gehen. Noch einmal sieht man sie durchs große Fenster, Hand in Hemd tauchen sie vor dem Brunnen auf, dann verschwinden sie in der Menge der Sommertouristen auf dem Platz.

Da trifft mich der Blick meines Nachbarn. Armer Mann, sagt er. Ich sage: Armes Kind. Dann schweigen wir eine Minute. Beide zugleich lachen wir los, als die junge Kellnerin blitzschnell den Finger in den Mund steckt, mit dem sie die Schlagsahne vom Rand des Eisbechers gewischt hat.

Dann sagt mein Nachbar: Ich muß jetzt los, leider.

Ich sage: Einen Grund zum Feiern haben Sie wohl nicht gerade gehabt.

Nein, sagt er. Sie aber auch nicht, wie?

Er sagt noch: Wiedersehn. Dann geht er.

Eulenspiegel

Von seinem Tod berichten vier Überlieferungen:

Nach der ersten wurde er in Sangerhausen von Bauern erschlagen, als er ihnen ihre bevorstehende Niederlage im Kampf gegen die Fürsten wahrheitsgemäß voraussagte und sich weigerte, mit ihnen gegen Mühlhausen zu gehen.

Nach der zweiten entkam er den Knüppeln der Bauern, wurde von den Soldaten des Herzogs von Sachsen in Mühlhausen aufgegriffen und als Späher der aufständischen Bauern im Narrenkostüm auf dem Marktplatz erhängt.

Nach der dritten Überlieferung rettete ihn der Herzog Georg von Sachsen, nachdem Eulenspiegel die Bürger der Stadt mit seinen Verrenkungen unter dem Galgen vor Lachen fast um den Verstand gebracht hatte, ließ ihn zur Siegesfeier auf sein Schloß bringen und zu Tode kitzeln, als Eulenspiegel kein Witz über die Dummheit der Bauern mehr einfiel.

Nach der vierten entkam er den betrunkenen Fürsten, ging vier Jahre lang unerkannt durch das Land, die Bauern zur Tötung des Verräters Eulenspiegel aufrufend, und wurde schließlich vor dem Grabstein, den die Bürger der Stadt Mölln dem unsterblichen Clown Eulenspiegel gesetzt hatten, von Kindern wegen der Verhöhnung ihres totgeglaubten Helden erstochen.

Alle vier Überlieferungen aber berichten übereinstimmend vom Besuch des toten Eulenspiegel in der Berliner Universität:

In den leeren Fluren ging sein Atem schwer, und er öffnete fünfhundert Türen zu fünfhundert Zimmern, und jedes Zimmer erschien ihm ein Jahr. Am Ende kam er in den großen Saal in der Mitte des Hauses und er sah die Professoren über den Büchern sitzen. Er schloß die große Tür und fragte die Männer, was besser sei: Wenn einer tut, was er kann, oder wenn einer tut, was er nicht kann. Die Männer sahen auf und begannen zu sprechen. Jeder soll tun, was er kann, sagten die einen, und die anderen sagten, daß keiner tun soll, was er nicht kann.

Es war ein großes Geschrei in der Halle, und dann fielen die Männer erschöpft in ihre Stühle zurück. Aber dann begannen sie wieder zu schreien, und einer nach dem anderen lief aus dem Saal, so daß Eulenspiegel am Ende allein dastand. Da sprang er auf den Tisch, der in der Mitte stand, und begann zu schreien, und die Schreie kamen von den Wänden zurück als ein Flüstern, das noch lauter war als seine Schreie und seine Ohren betäubte und nicht aufhörte, als er aus der Halle ging und an den fünfhundert Zimmern vorbei, an den fünfhundert Jahren, in denen die fünfhundert Männer jetzt saßen als fünfhundert Denkmäler und auf ihre Bücher starrten. Da begann er zu laufen, schneller und schneller, und als er auf die Straße herauskam, schien ihm, als bewegte sich nichts mehr: kein Mann und kein Ast und kein Fahrzeug. Da blieb er stehen und bewegte sich auch nicht mehr.

Der Stimmenimitator

Der Stimmenimitator, der gestern abend Gast der chirurgischen Gesellschaft gewesen ist, hatte sich nach der Vorstellung im Palais Pallavicini, in welches ihn die chirurgische Gesellschaft eingeladen gehabt hatte, bereit erklärt, mit uns auf den Kahlenberg zu kommen, um auch da, wo wir immer ein allen Künstlern offenes Haus haben, seine Kunst zu zeigen, natürlich nicht ohne Honorar. Wir hatten den Stimmenimitator, welcher aus Oxford in England stammte, aber in Landshut zur Schule gegangen und ursprünglich Büchsenmacher in

Berchtesgaden gewesen war, gebeten, sich auf dem Kahlenberg nicht zu wiederholen, sondern vor uns etwas vollkommen anderes vorzuführen als in der chirurgischen Gesellschaft, also vollkommen andere Stimmen auf dem Kahlenberge zu imitieren als im Palais Pallavicini, was er uns, die wir von seinem im Palais Pallavicini vorgetragenen Programm begeistert gewesen waren, versprochen hatte. Tatsächlich imitierte uns der Stimmenimitator auf dem Kahlenberg vollkommen andere mehr oder weniger berühmte Stimmen als vor der chirurgischen Gesellschaft. Wir durften auch Wünsche äußern, die uns der Stimmenimitator bereitwilligst erfüllte. Als wir ihm jedoch den Vorschlag gemacht hatten, er solle am Ende seine eigene Stimme imitieren, sagte er, das könne er nicht.

Abenteuer eines Weichenstellers

1. Die verantwortung eines weichenstellers der Union Pacific Ges. ist eine große, ihm obliegt die sorge um mensch und vieh, aber auch sachschaden hat er tunlichst zu vermeiden.

2. Der weichensteller besitzt ein buch, in dem er immer liest, 10 jahre besitzt er dieses buch, aber er beginnt nach seite 77 jedesmal wieder

von vorne, weiter würde er es nie lesen, er hat
da so eine vorahnung. Blödsinn, murmelt er,
und beginnt trotzdem wieder bei seite 1.

3. Die meiste zeit aber raucht er seine gelieb-
te pfeife, er hat keine frau, er sieht den ersten
stern am abendhimmel aufglänzen, er geht in
das intime grün der brennesseln hinter dem
haus austreten, er ist sonst ein frühaufsteher
und trinkt nach dem essen ein bier.

4. Der letzte zug kommt stets um 21 uhr 35
durch, er sieht den letzten waggon in der ferne verschwinden, der bremser hat ihm zuge-
winkt, er ist seit jahren sein freund, obgleich
er noch nie mit ihm gesprochen hat.

5. Das buch des weichenstellers ist ein alter
pennyshocker mit dem titel »Der Mann vom
Union Pacific Express«. Heute beschließt
er, den roman bis ans ende zu lesen, doch es
schwant ihm nichts gutes.

6. Einmal stand ein fremder bremser auf der
hinteren plattform des letzten waggons; ob er
ein aushelfer war?

7. Gegen 23 uhr wird der weichensteller durch
einen ungewöhnlichen lichtschein aufmerk-
sam, er geht vor das haus und sieht einen zug
anrollen, der in keinem fahrplan verzeichnet
steht, er rollt vollkommen lautlos an ihm

vorbei, auf der plattform des letzten waggons steht der fremde von damals und bläst mundharmonika.

8. Der weichensteller reibt sich die augen, ihm kommt das alles eigenartig vor, er ist ja ganz allein, er geht ins haus zurück, er trinkt ein extrabier und verklebt die seiten 78 bis 126 mit kleister. So, meinte er, wäre es das beste.

Eine Reise nach »fort«

»Fort« heißt fort. Kein Weg zurück. Ob ins Kino, zum Skifahren oder zum nächsten Badesee, ob nach Venedig oder ins Salzkammergut – man ist »fortgegangen«.

»Ich verabschiede mich«, hörte ich unlängst im Stadtpark. Das könnte heißen: »Ich gebe mir den Abschied, einen ohne Wiederkehr.«

Ob ich im Mondsee ertrinke – was in Zeitabständen immer wieder ganzen Familien passiert –, ein Schneebrett lostrete oder rund um Verdun liegenbleibe: »Fort« braucht keine Namen, es muß sich nicht schmücken, nicht feierlich aus der Taufe gehoben werden, keine Freuden- oder Schmerzenstränen auslösen: Es steht für sich.

Aus Agatha Christies Biographie erfährt man, daß sie einmal drei Wochen lang verschwand, wieder an die ihr gemäße Oberfläche kam und nicht gefragt werden wollte, wo sie war. Entscheidend bleibt zuletzt doch: Sie war fort wie eine ihrer Figuren, zum Beispiel Hochwürden (später Kanonikus) Pennyfather oder die amerikanische Freundin Mrs. McAllister aus Boston, in den Zimmern Nr. 1 und Nr. 22, mit oder ohne Bad, in »Bertram's Hotel« im Herzen Londons, in der Nähe des Hyde-Parks.

Auch Agatha Christie hatte eine Wohnung in dieser Gegend, nicht weit von »St. Theresa's Home«, wo spanische Nonnen, die seit Jahrzehnten dort leben, immer noch ein sehr gebrochenes Englisch sprechen.

Doch kein Zentrum, keine Metropole kann sich mit »fort« messen. Man kann nichts daran steigern oder abschwächen: Fort ist fort.

Der Lobsammler

Der Lobsammler ärgert sich über das Schweigen der Straßen. Er geht sie unermüdlich ab, um sie zu Lob zu zwingen, und ist über ihren Widerstand erbittert. Die Zeitungen sind ihm zu täglich. Die Menschen werfen sie wieder fort, mitsamt seinem Bild. Würde es ihm genügen, wenn jeden Tag etwas Neues über ihn in der Zeitung stünde? Nein! Zwar braucht er die Zeitungen: Er hat sie so lange gelesen, bis er darin stand, aber er will viel mehr.

Er will die Ereignisse der Welt verdrängen. Er will, daß man sich mit ihm, nicht mit Erdbeben und Kriegen beschäftigt. Völlig sinnlos findet er die Beschäftigung mit dem Mond. Er grollt dem Mond, weil von ihm so viel die Rede war.

Der Lobsammler füllt ein Haus mit seinem Namen. Jedes kleinste, aber auch jedes größte Stück Papier, auf dem sein Name steht, wird aufgehoben.

Manchmal liest er das ganze Haus durch, immer wieder dasselbe, obwohl es schon alt ist. Aber lieber hat er Neues.

Er erwartet neue Wendungen, Sätze, wie er sie noch nicht gehört hat, eine ganze Sprache des Lobs, für ihn allein erfunden. Tote dürfen manchmal mitgelobt werden, er holt sich ihren Segen.

Der Lobsammler wäre bereit, für jede Schmähung oder auch bloße Kritik die Todesstrafe zu verhängen. Er ist nicht unmenschlich, er bedauert ihre Abschaffung nicht, nur für solche besonderen Fälle, wenn es nämlich um ihn selber geht, wäre sie wieder einzuführen.

Der Lobsammler entläßt kein Lob, auch für doppelt, dreifach, vierfach Gesagtes hat er immer Platz. Er wird fett und fetter, aber er trägt

es gern. Er findet immer Frauen, die ihn für
dieses Fett lieben. Sie lecken an seinem Lob
und hoffen etwas davon abzukriegen.

Röntgenblick

Es gibt Blicke, die einen ausziehen. Andere,
wie Idas, ziehen einem die Haut ab, als schäl-
ten sie einen Apfel, und gehen geradewegs auf
das Wesentliche zu.

Ida schält die Menschen, und die Menschen
lassen sich von Ida schälen. Was sollten sie
auch weiter tun, um sie daran zu hindern?
Die meisten ahnen noch nicht einmal, daß sie
einen stechenden Blick hat. Zu Anfang sieht
sie die anderen wie Sie und ich mit ihrer Ver-
packung. Dann nehmen ihre Augen einen
Längsschnitt vor, etwa wie die Anatomieabbil-
dungen in Enzyklopädien, auf denen zunächst
nur eine blonde nackte Frau zu sehen ist. Blättert man dann die Folie um, sieht man dieselbe
junge Frau (das Gesicht mit der altmodischen
Frisur ist unverändert geblieben), diesmal nur
mit ihren Blutgefäßen bekleidet. Eine Folie
weiter ist die Blondine immer noch da, unbe-
teiligt lächelt sie über ihren sorgfältig freige-
legten, sich aneinanderschmiegenden Orga-
nen. Zum Schluß geht es an die Enthäutung

des Gesichts. Umgeben von immer derselben dauergewellten Frisur kommen nun die zwei Hälften des Hirnes zum Vorschein und das Rückgrat, das hinaufführt bis in die Höhe der Nasenhöhlen, dort, wo eigentlich niemand ein Rückgrat erwarten würde. Außer Ida.

Sobald das Knochengerüst ihres Gegenübers freigelegt ist, hat Ida den nicht zu unterschätzenden Vorteil, es mit einem liebenswürdigen und lächelnden Geschöpf zu tun zu haben. All ihre Zeitgenossen zeigen sich auf diese Weise von ihrer besten Seite. Wie Sie wohl auch schon festgestellt haben, verbirgt lediglich eine dünne Hautschicht das Lächeln, das dem Menschen bei seiner Geburt geschenkt wurde, um ihn sein Leben lang und darüber hinaus nicht mehr zu verlassen. In seiner elementaren Form, d. h. als Skelett, stellt auch der grämlichste Mensch ein breites und aufrichtiges Lächeln zur Schau. Man soll eben dem Schein nicht trauen.

Liebe '38

Besonders gut am Abend kann man heute noch in W. im Kärtner Oberland, auf einer Felswand hoch über der Ortschaft, zwei auffällige Flecken erkennen, zwei wache weiße Augen in der Dämmerung.

Da verliebte sich, als Schuschnigg noch das Land regierte, der Sohn eines Bauern, der in den Bergen über W. seinen ärmlichen Hof bewirtschaftete, in die Tochter des reichen Wirts unten, eines in der Illegalität schon allseits bekannten Nazi, der es später, nach dem Einmarsch, zum Bürgermeister brachte.

In seinem Werben vom eigenen verlacht und vom Vater der Braut hartnäckig abgewiesen, da er über Mittel, die ihn als standesgemäßen Bräutigam erscheinen hätten lassen, nicht verfügte, verfiel der Bauernsohn auf die Idee, statt jener die rechte Gesinnung, ob es nun seine tatsächliche war oder nur eine zweckmäßige, dem Wirt als Referenz darzubieten. In einer Nacht und unter Einsatz seines Lebens bestieg er die steile Felswand und schmückte sie mit zwei riesenhaften Hakenkreuzen, die in leuchtendem Weiß anderntags Ehrfurcht geboten weithin übers Land. Da zögerte auch der Wirt nicht länger und willigte, beeindruckt von solcher Entschlossenheit und solchem Wagemut, in das Ehebündnis ein.

Kaum zwei stille und glückliche Jahre aber hatten die Brautleute verlebt, da wurde draußen die Welt laut, marschierte und sang, und der Wirt trat heran an den Schwiegersohn und sagte, hinaufweisend auf den Felsen, es sei nun wohl an der Zeit, freiwillig und mutig dafür auch einzutreten an den verschiedenen Fronten.

Was blieb dem jungen Mann übrig?

Bekränzt und bewundert zog er in den Krieg, hierhin und dorthin, schrieb ungezählte Feldpostbriefe und träumte von W., kämpfte in halb Europa, fiel in der Normandie und mag sich seither, man kann es nur vermuten, auf einem jener unendlichen Friedhöfe befinden, nahe dem Meer.

Für Trauer blieb wenig Zeit, denn freilich mußte das Leben in W., auch im Frieden, weitergehen. Erneut also gab der Wirt zu einer Hochzeit der Tochter den Segen, mit einem jungen Mann diesmal, der, unersetzlicher damals denn je, ergiebigen Boden brachte in die Ehe, und der gleich nach dem Krieg, seine Würdigkeit zu beweisen, selbst jenen Felsen bestieg, begleitet von englischen Soldaten, um eine unzeitgemäße Liebeserklärung zu beseitigen.

Kaffee verkehrt

Als neulich unsere Frauenbrigade im Espresso am Alex Kapuziner trank, betrat ein Mann das Etablissement, der meinen Augen wohltat. Ich pfiff also eine Tonleiter 'rauf und 'runter und sah mir den Herrn an, auch 'rauf und 'runter. Als er an unserem Tisch vorbeiging, sagte ich »Donnerwetter«.

Dann unterhielt sich unsere Brigade über seine Füße, denen Socken fehlten, den Taillenumfang schätzten wir auf siebzig, Alter auf zweiunddreißig, das Exquisithemd zeichnete die Schulterblätter ab, was auf Hagerkeit schließen ließ, schmale Schädelform mit 'rausragenden Ohren, stumpfes Haar, das irgendein hinterweltlerischer Friseur im Nacken rasiert hatte, wodurch die Perücke nicht bis zum Hemdkragen reichte, was meine Spezialität ist, wegen schlechter Haltung der schönen Schultern riet ich zum Rudersport, da der Herr in der Ecke des Lokals Platz genommen hatte, mußten wir sehr laut sprechen. Ich ließ ihm und mir einen doppelten Wodka servieren und prostete ihm zu, als er der Bedienung ein Versehen anlasten wollte.

Später ging ich zu seinem Tisch, entschuldigte mich, sagte, daß wir uns von irgendwoher kennen müßten, und besetzte den nächsten Stuhl. Ich nötigte dem Herrn die Getränkekarte auf und fragte nach seinen Wünschen. Da er keine hatte, drückte ich meine Knie gegen seine, bestellte drei Lagen Slivovic und drohte mit Vergeltung für den Beleidigungsfall, der einträte, wenn er nicht tränke.

Obgleich der Herr weder dankbar noch kurzweilig war, sondern wortlos, bezahlte ich alles und begleitete ihn aus dem Lokal. In der Tür ließ ich meine Hand wie zufällig über seine Hinterbacken gleiten, um zu prüfen, ob die Gewebestruktur in Ordnung war.

Da ich keine Mängel feststellen konnte, fragte ich den Herrn, ob er heute abend etwas vorhätte, und lud ihn ein ins Kino International. Eine innere Anstrengung, die zunehmend sein hübsches Gesicht zeichnete, verzerrte es jetzt grimassenhaft, konnte die Verblüffung aber doch endlich lösen und die Zunge, also daß der Herr sprach:

»Hören Sie mal, Sie haben ja unerhörte Umgangsformen.« – »Gewöhnliche«, entgegnete ich, »Sie sind nur nichts Gutes gewöhnt, weil Sie keine Dame sind.«

Was nicht ist

Aber nein, rief ich, als sich ein Herr, der bis dahin schweigend in Zeitungen geblättert hatte, plötzlich zu mir herüberbeugte und mir prüfend in die Augen blickte, ich bin ganz sicher nicht unglücklich. Wir hatten die Berge bereits hinter uns gelassen, und in der Ferne zeigte sich der erste schmale Streifen eines Meeres.

Also gut, sagte er, sprechen wir nicht über uns, sondern über den Himmel, man soll nach oben schauen, wenn es unten eng wird zwischen den Beinen. Ja, sagte ich, das Gewölbe ist ein süßer Trost. Woher wissen Sie das, fragte er bestürzt, haben Sie darüber gelesen? Nein, sagte ich, ich lese fast nie, ich habe es gesehen mit eigenen Augen und schmerzendem Nacken, als einmal jemand mich zwang, die Sterne zu bewundern. Aber was unten nicht ist, kann oben nicht sein. Zwar nehme ich hin und wieder das eine oder das andere Buch zur Hand, aber sobald ich mich damit auf das Sofa lege, schlafe ich ein, das Buch fällt aus meiner Hand. Von oben nach unten. Sie könnten im Sitzen lesen, warf er ein, auf demselben Sofa oder an einem Tisch oder auf einer Bank im Park. Im Freien, sagte ich, gelingt mir gar nichts, die Luft macht mich träge, und kaum sitze ich auf einer Bank, kommen die Hunde, als hätte ich Wurst in der Tasche. Da wurde er ernst und griff meine Hand und sagte, ja, so faßt man keinen Gedanken.

Hinter dem Fenster kam das Meer auf uns zu, man sah weiße Kämme auf den Wellen. Sprechen Sie um Gottes willen nicht über das Meer, sagte ich. Wo denken Sie hin, rief er gekränkt, ich stehe das Meer überhaupt nicht aus.

Es war sehr heiß im Abteil, aber er machte keine Anstalten, das Fenster zu öffnen. Statt dessen hielt er noch immer meine feuchte Hand in seiner trockenen. Die Zeitungen waren zwischen uns auf den Boden gerutscht. Hinter dem Fenster sah man die ersten Strände. Familien in bunten Anzügen mit Hüten auf dem Kopf, Frauen mit Körben und Männer mit Schirmen und eingerollten Decken unter den Achseln, Kinder, die mit langen Halmen aus Blechbüchsen tranken und sich mit Steinen bewarfen, die sie unterwegs aufsammelten. Aber wie, fragte ich, sind in dieser Gegend die Winter? Ja eben, sagte er und ließ meine Hand plötzlich los, von Winter ist keine Rede, man liegt auf denselben Decken unter derselben Sonne am Strand, nur die Kinder wachsen eine Zeitlang nicht weiter. Dann biß er sich mißmutig die Lippen und verstummte. Nur als die Sonne unterzugehen begann, wollte er auf einmal über die Schönheit sprechen. Ich war schneller und legte meine Hand über seinen Mund und ließ sie dort liegen, bis der Zug hielt.

Auf dem Bahnsteig standen Kinder und beleuchteten von unten her mit blauen Laternen unsere Beine. Gleich hakte er mich unter und zog mich ohne Koffer wiegenden Schrittes an der Bahnsteigkante entlang bis hinunter zur Strandpromenade. Hinter uns kicherten im Dunkeln die Kinder. Auch ich begann leise zu lachen, aber er legte mir warnend die Hand auf die Hüfte. Die Bänke auf der Promenade waren leer. Kein Hund weit und breit. In der Ferne sah man gegen den Himmel den schwarzen Streifen eines Meeres.

Noch im Gehen schob er mir seine Hand hüftaufwärts zum Hals. Als wir schließlich auf einer Bank zum Sitzen kamen, versuchte er, meinen Hals mit aller Kraft nach hinten zu beugen unter das Gewölbe des Himmels. Aber da konnte ich mich schon nicht mehr halten vor Lachen, so daß er gar nichts zu fassen bekam, nicht den Hals, nicht die Lippe und keinen Gedanken, weil unten nicht werden kann, was oben nicht ist.

Drei Stationen.
Oder: Halt auf freier Strecke

Meine Besitztümer

Meine Besitztümer blicken mich vorwurfsvoll an. Natürlich reden sie nicht mehr mit mir. Sie ließen mich wissen, daß ich ihr Vertrauen verscherzt habe. Neulich, Weihnachten, kam es zum ersten Zwischenfall: Eine Tasse warf sich mir an den Kopf. Ich habe den Fehler gemacht, klein beizugeben. Als ich nach dem Zwischenfall im Bett lag, wußte ich plötzlich, daß dieser Fehler niemals wieder gutzumachen ist. Meine Ahnung hat sich bestätigt. Selbst meine Stühle beginnen, mir ihre Dienste zu verweigern. Meine Zahnbürste streikt, und aus dem Tauchsieder dringt Musik, während mein Radio von Tag zu Tag eine intensivere Wärme ausstrahlt, so daß ich es nicht mehr einschalten kann, ohne einen Brand zu riskieren. Zu Hause geht es ja noch, da bleiben die peinlichen Zwischenfälle sozusagen unter uns. Aber auf Reisen führt der Konflikt zu nahezu katastrophalen Zwischenfällen. Als ich neulich im Zug meinen Koffer öffnete, schlug mir der

Gestank fauler Eier entgegen. Mein Mitreisender beschwerte sich sofort beim Zugführer. Ich mußte in Jüterbog den Zug verlassen. Dort verlor ich den Schuh meiner Sohle. Lauter Fehlleistungen, dachte ich, doch ein Schuhmacher war nirgends zu finden. Ein mitleidiger Autofahrer nahm mich nach Wiepersdorf mit. Dort auf der Bank hinter Bettinens Schloß, wo das Märchen vom Rotkäppchen zu Hause sein soll, saß gähnend und die Beine übereinander geschlagen der Wolf. Er wollte sich gar nicht erst anhören, was ich ihm zu erzählen gedachte. Stattdessen rauchte er Zigaretten, die ihm sein Onkel aus der Lüneburger Heide geschickt hatte. Bei jedem Zug hörte ich die Wackersteine in seinem Bauch rumpeln. Da mußte ich wieder mit Entsetzen an meine Besitztümer denken. Gott sei Dank befindet sich darunter kein lebendes Inventar. Abgesehen von einigen Fliegen, aber die sind auf meiner Seite. Das ist eine Hoffnung. Ich beschloß, einen Kanarienvogel zu kaufen. Vielleicht daß er, als Mitbringsel, meinen Hausstand wieder ins Gleichgewicht bringt. Denn glücklicherweise bin ich unverheiratet, was alles etwas einfacher macht.

Der Leser

Der Leser, gäbe es ihn, wäre folgendes Wesen: ein Mensch, von hinten anzusehen, der gebeugt steif am Tisch sitzt, unter starker Lampe, reglos zumeist, mit oder ohne Brille, mit oder ohne Augen, sichtbar oder unsichtbar der Kopf. Ein liniertes Heft vor sich auf dem Tisch, füllt er mit schnellen Schriftzügen, behende die Seiten umblätternd, Zeile um Zeile, bis er, endlich am Ende, die Stirn auf das vollgeschriebene Heft sinken läßt; ein tiefer Seufzer, der sagt, daß nichts es ermöglichen kann, das einmal Geschriebene wieder zu löschen.

Längst sank mit aller blauen Schwere die Nacht, es ist Sommer, ein später Sommer in einem späten Jahrhundert, durchs halboffene Fenster flogen Falter herein, die sich mit vernehmlichem Klirren gegen das Glas der Glühbirne werfen.

Indessen sitzt der Leser über dem aufgeschlagenen Buch, wer weiß, ob er liest, nie hat er eine Seite umgeschlagen, er ist vielleicht eingeschlafen, oder er ist der sitzengebliebene Schatten dessen, der aufstand vom Stuhl, durch seine Farbe schimmert das Schwarzweiß der Seiten. Wäre er der Leser, er säße gebrochen am Tisch, mit von der Tischplatte gefallenen Händen, mit zart sinkenden Schultern, das Haar fiele ihm über die Brillengläser. Doch es wäre, als flüstere mit jedem Wort des schwarzen hieroglyphischen Heers, das die

Seiten bedeckt, eine Stimme, eindringlich, um den Leser zu wecken.

Wer, wenn nicht er, sofern er lebte, wünschte das Ende der Nacht herbei; es ist, als verlöre die Lampe an Kraft, als kröche durch die Drähte ihrer Leitung das Dunkel heran.

Und der Leser sitzt über dem Buch, und seine Hand blättert, blättert die Seiten um. Ruhig zuerst, zwischen je zwei Seiten eine Zeit geduldig wartend, dann ungeduldiger, schneller blätternd, schneller Seite um Seite, schlägt er um, mit bleichem Gesicht voller Zorn und Angst, mit geballten Fäusten wie rasend ganze Bündel von Seiten umschlagend, mit den Schultern, mit gesenktem Kopf, aufheulend fast, schiebt und stößt und drückt er die zu Wänden wachsenden weißen Seiten beiseite, aber kein Wort, keine einzige Letter findet er auf den leeren Blättern.

Gäbe es den Leser, nur mit den Augen, nein mit Feuer und Schwert, nur mit dem Mund spie er all seine Wörter ins leere Buch. Unverlöschlich bliebe sogar der den endlichen Abschluß der Arbeit krönende Seufzer der Freiheit.

Die Lange Grete

»Als ich geboren wurde« sagte der Uralte,
»war das nämlich noch ein Königreich für
sich hier.« Er zeigte einmal sehr langsam um
seinen Rasensitz herum, bis zu der gesägten
Kiefernborte am Horizont: »Da war Alles
noch ganz anders – –«; ich verstand mühelos :
besser; und nickte ausdrucksvoll, um ihn bei
Laune zu halten. »Damals gab es auch noch
andere, als jetzt die glatt-gedrehten Dutzend-
menschen –« er streckte mühsam die abge-
nutzten Beine und ordnete sie sorglich im
Haidekraut »– und das hier wird wohl auch
dazu gehören : ich sitze nämlich auf einem
Grab, junger Mann !« Nun kann ich nichts
schlechter vertragen, als dies junger Mann;
ich bin immerhin in leidlichen Ehren 45 Jahre
alt geworden, und wenn ich auch manchmal
absurd jung aussehe .… also kaute ich noch
eine Weile an dem Brocken, während er schon
bedächtig fortfuhr :

»Ich war noch ein Junge, als die Lange Grete das erste Mal hier erschien, inmitten ihrer
kleinen Schafherde, und wir Kinder hätten
darauf geschworen, die Tiere müßten verhex-
te Menschen sein, so klug und selbstbewußt
pflegten sie zu handeln. Jedes hatte seinen eigenen Namen, auf den es hörte; sie unterhielt
sich auch vernünftig mit ihnen; und zumal
nachts gab es lange Diskurse, wer heut am
dichtesten bei ihr liegen dürfe : sie kam näm-

lich nie in ein Haus, sondern schlief, gewärmt von den Tieren, im Gebüsch. Morgens, wenn sie aufstehen wollte, rief sie den großen alten Widder – Hermann hieß er, glaube ich – der kam heran, und neigte den mächtigen Schädel, worauf sie die Hörner ergriff, und er sie mit einem einfachen Anheben des Kopfes in die Höhe zog. Sobald sie die Tiere nur einen Augenblick allein ließ, fingen sie gleich an, aufs Kläglichste zu blöken; und wenn sie dann zurückkam, drängten sich alle herzu und rieben die Köpfe an ihrer Hand.«

»Sie war ja wohl schwachsinnig; aber meist sehr gutmütig; und – im Gegensatz zu anderen ihres Schlages – gar nicht in Putz oder grelle Trachten verliebt : sie trug immer ihren alten niedergekrämpten Schäferhut; einen festen moorfarbigen Kittel, um die Schultern die Decke; in der Hand einen langen Stock, an dem sie auf seichtem Boden von Bult zu Bult sprang.«

»Ihre Geschichte erzählte sie Jedem, der sie danach fragte : sie war angeblich die Tochter eines wohlhabenden Bauern gewesen, und hatte sich in den Gutshirten verliebt. Der ehrgeizige, dazu jähzornige, Vater erschoß ihn während eines Wortwechsels; und er starb in Gretes Schoß; hinterließ ihr auch all seine Habseligkeiten – eben die Schafe und ihre Kleidung, die sie ohne Verzug anlegte, und das Vaterhaus verließ, um nie wieder dahin zurück zu kehren.«

»Eines Tages verlief sich der Leithammel Hermann auf eine fremde Wiese. Der mürrische Besitzer machte sogleich die Hunde los, die das arme Tier dann zu Tode hetzten: tagelang saß Grete neben dem Leichnam auf der Wiese; bis man sie endlich damit köderte, ein feierliches Begräbnis für ihn auszudenken, worauf sie auch mit großer Begeisterung einging. Wir Kinder waren alle dabei, und ich sehe noch wie heute den Sarg, der aus einer schwarz angestrichenen Kiste bestand, und die Grasbüschel und Feldblumen, die sie darauf ausgelegt hatte. Sie formte dann mit den Händen einen richtigen Grabhügel, drückte die Soden fest, und pflanzte ein Gehege aus Weidenruten darum. Bis an ihr Ende kam sie mehrmals im Jahre her, und brachte den Platz in Ordnung.« –

»Im Winter zog sie sich wohl tiefer in die Forsten zurück; verschmähte aber, außer vielleicht bei schwerem Schneetreiben, jedes Obdach. Viele Bauern gaben ihr auch, wenn sie vorbei kam, freiwillig Heu für die Schafe, und Suppe in ihren Napf. Wenn man sie übermäßig neckte, konnte sie auch sehr böse werden, und wünschte dann den Leuten so Schlechtes an den Hals, daß man sie, seitdem einiges in Erfüllung gegangen war, lieber in Ruhe ließ.«

»Einmal, als sie durch einen Ort kam, quälten sie die Schuljungen derart, daß sie sich endlich keinen Rat mehr wußte, und in ihrer Not einen Stein nahm. Worauf die Schlingel mit großem Hallo ebenfalls zu werfen anfingen, schließlich zu Ziegeln griffen, und das arme hintersinnige Wesen buchstäblich zu Tode steinigten.« –

»Und das hier ist also das Grab der Langen Grete ?« fragte ich, nach einer angemessenen Pause.

»Das hier ? – : Oh nein.« erwiderte er nüchtern : »Hier liegt der Widder Hermann begraben. – Der Bauer, der ihn zu Tode hetzen ließ, hat sich natürlich 8 Tage später in seinem eigenen Brunnen ertränkt.« Er nickte würdig und billigend : Gerechtigkeit muß sein !

Jonas zum Beispiel

Jehova war der Herr, der das Meer und das Trockene gemacht hat, und die Juden waren sein Volk, er schloß einen Vertrag mit ihnen. Der ging über die menschlichen Kräfte, von Zeit zu Zeit geriet er in Vergessenheit. Dann erweckte Jehova einen Vorbedachten und Auserwählten in seinem Volke zum Propheten, der sollte dem König mit seinen Großen und ihren Untertanen sagen, wie der Herr es meine. Jesaja lebte im Unglück mit seinen Reden, Jeremia kam in die Kloake zu sitzen. Die Seele des Propheten ist empfindlich und wissend und zweiflerisch, um die Stimme des Herrn zu hören und das Unglück zu erfahren.

Als die Bosheit und Sünde der Stadt Ninive vor Jehova gekommen waren, geriet er in Zorn wegen seines Gesetzes. Er berief Jona (den Sohn Amitthais, von Gath-Hahepher) und beauftragte ihn mit dem Ausrufen seines großen Ärgers und mit der Verkündung des nahen Untergangs in den Straßen von Ninive.

Da wollte Jona nach Tharsis fliehen. Die gelehrte Forschung dieser Hinsicht meint, daß diese Stadt vielleicht in Südspanien vermutet werden könne, und hält eine unvergleichliche Entfernung für jedenfalls wahrscheinlich. Als das Schiff aus dem Hafen von Joppe gelaufen war, drückte Jehova einen gewaltigen Wind ins Meer, und es entstand ein gewaltiger Sturm auf dem Meere: so daß das Schiff zu scheitern drohte. Die Besatzung warf das Los über den Schuldigen, und das Los fiel auf Jona. Er soll ja geschlafen haben. Sie holten ihn an Deck und schmissen ihn über Bord, zumal er es selber für das Beste hielt. Und das Meer wurde still. Und Jehova entbot einen großen Fisch, der verschlang Jona, und Jona sang drei Tage und drei Nächte im Bauch des Fisches zu Jehova, seinem Herrn. So heißt es. Dann spie der Fisch ihn ans Land, und Jona ging nach Ninive.

Ninive war eine über alle Maßen große Stadt und nur in drei Tagesreisen zu durchqueren. Und Jona ging in die Stadt hinein eine Tagereise weit; dann predigte er: Noch vierzig

Tage, und Ninive ist zerstört!, und die Leute von Ninive erkannten Gott in seinem großen Ärger. Sie riefen ein schlimmes Fasten aus und kleideten sich in ihre Trauergewänder. Und der König von Ninive bedeckte sich mit dem Trauergewand und bestrich sich ein wenig mit Asche. Der König befahl: Menschen und Vieh sollen nichts genießen, sie sollen nicht weiden noch Wasser trinken. Sie sollen sich in Trauer hüllen: Menschen und Vieh, und mit Macht zu Gott rufen, und sollen ein jeder sich bekehren von seinem bösen Wandel und von dem Frevel, der an seinen Händen ist. Wer weiß, vielleicht gereut es Gott doch noch. Als Gott nun diese Dinge alle sah, die sie tun wollten, gereute ihn das angedrohte Unheil, und er tat es nicht.

Das verdroß Jona sehr, und er ging zornig weg. Er baute eine Hütte östlich der Stadt und saß darunter, bis er sehe, wie es der Stadt ergehen werde. Und zum dritten Male redete Jehova mit ihm: Ist es recht, daß du hier sitzest und lieber sterben möchtest als noch weiter leben? Aber Jona antwortete, das sei recht, denn warum habe er nach Tharsis fliehen wollen? Weil du nie tust, wie du gesagt hast und wie es gerecht ist nach deinem Gesetz! Und der Herr entbot einen Rizinus, dessen Saft als castor oil gehandelt wird anderswo in der Welt; der wuchs über Jona empor, um seinem Haupte Schatten zu geben und ihm so seinen Unmut zu nehmen. Über diesen Rizinus freute Jona sich sehr. Am folgenden Morgen entbot Jehova einen Wurm, der beschädigte den Rizinus, so daß er verdorrte. Und der Herr setzte Jona zu mit hartem Wind und großer Hitze. Da wünschte Jona sich den Tod. Der Herr aber sprach zu Jona: Ist es recht, daß du so zürnest um des Rizinus willen? Jona antwortete: Das Leben ist mir verleidet. Da sagte Jehova, sein Herr: Dich jammert des Rizinus, um den du keine Mühe hattest, der groß gewachsen ist und verdorben von einem Morgen zum anderen. Warum jammert dich nicht der großen Stadt Ninive, in der über hundertundzwanzigtausend Menschen sind, die zwischen links und rechts noch nicht unterscheiden können, dazu die Menge Vieh?

Und Jona blieb sitzen im Angesicht der sündigen Stadt Ninive und wartete auf ihren Untergang länger als vierzig mal vierzig Tage? Und Jona ging aus dem Leben in den Tod, der ihm lieber war? Und Jona stand auf und führte ein Leben in Ninive? Wer weiß.

Die kleinen grünen Männer

Sie sind in vielen utopischen Romanen beschworen worden; ihr Ursprungsplanet, voreilig als Saturn, manchmal als Mars bezeichnet, wird nun dem Vernehmen nach an den Rand unserer Milchstraße gerückt. Dort, wo die schärfsten Teleskope nichts mehr erkennen als schimmernde Flecken, Ballen von dunkler Materie in Dimensionen, für die uns das Vorstellungsvermögen fehlt, dort sollen sie leben, die kleinen grünen Männer, und von dort werden sie einst kommen, meint die Fama, um uns zu domestizieren.

Es heißt, was sie mit uns vorhaben, wisse niemand. Ihre Pläne seien unbekannt, ihre Ziele fern menschlicher Phantasie. Eine der Spekulationen: Sie neideten uns unsere lichte Welt, den hellen Himmel, die geordneten Verhältnisse, da fröhlich singend man zur Arbeit schreitet, da am Abend man aus dem Fenster blickt und, zufrieden vom Tagwerk, ins große Verdämmern.

Gewiß: über den Zeitpunkt der Invasion besteht umfassende Unklarheit. Manche wiegen sich in der Hoffnung, unser Jahrtausend jedenfalls werde von den kleinen grünen Männern frei bleiben; andere wieder sind fest überzeugt, daß die zarten grünen Finger der aus unzählbaren Raketenschiffen Steigenden eines Morgens und noch in diesem Jahrhundert an unsere irdische Tür pochen werden. Ein ganz leichtes, kaum vernehmbares Geräusch soll es sein. Doch dem, der es hört, werde das Herz stehenbleiben, meinen jene, die davon reden, selber Unwissende, die das Ausmaß der schrecklichen Wahrheit nicht kennen.

Sie ahnen ja nicht, daß die Landung bereits stattgefunden hat. Das Klopfen ist längst verhallt.

Die Schläfer haben sich röchelnd einmal in ihren warmen Betten herumgedreht und nicht gespürt, wie die kleinen grünen Männer mit einem kleinen grünen Lächeln auf den Gesichtern in sie einschlüpften: Mittels spezieller Instrumente, von denen sich unsere Universitätsweisheit absolut nichts träumen läßt, begaben sie sich durch die dicken schnarchenden Nasen, durch quallige Ohrmuscheln, bleckende Zahnreihen in die dumpfdämmernde Spezies selbst. Dort hausen sie heute.

Wie Panzer fahren sie uns über die Straßen und Treppen, rammen uns gegeneinander. Wenn wir einander leiden machen, uns haßvoll zugrunde richten, treten, stoßen, würgen und töten, verspüren sie der Lust Verwandtes.

Hinter deinen Augen, nachdem du mich verraten, sah ich das kleine grüne Freudenfeuer flackern, das da tief drinnen einer angezündet hatte.

Überland

Die Witwe eines Maurers

Auf dem Waldfriedhof an der Wuhlheide in Oberschöneweide wurde in der letzten Septemberwoche eine achtundsiebzigjährige Frau beigesetzt, die, nicht gewillt an den politischen Parteiungen, Kämpfen und Verbrechen ihrer Zeit teilzuhaben, auf eine so eigentümliche Weise in ein halbes Jahrhundert deutscher Geschichte verstrickt war, daß sie, von ihren Bekannten als bedauernswert und schamlos zugleich angesehen, in den letzten Lebensjahren ihr Haus kaum zu verlassen gewagt hatte.

Diese Frau heiratete im Jahre 1918 einen aus dem Krieg zurückkommenden Maurer, der ein halbes Jahr später in den Berliner Märzkämpfen erschossen wurde. Er hinterließ seiner Frau ein noch ungeborenes Kind und das Mitgliedsbuch der Kommunistischen Partei Deutschlands.

Ein Arbeitskollege und Genosse des Toten riet der verzweifelten, mittellosen Frau, eine Kriegerwitwenrente zu beantragen und der

Behörde anzugeben, ihr Ehemann sei als unbeteiligter Passant von der verirrten Kugel einer der kämpfenden Parteien getroffen worden. Ihr Anspruch wurde anerkannt, und die Weimarer Republik zahlte ihr monatlich einige Mark.

Das dritte deutsche Reich übernahm ungebeten die Zahlungen. Zum stillen Erschrecken der Frau versäumte es das Regime nicht, gelegentlich in dem Propagandamaterial des Nazistaates, für das man den traditionellen Namen Zeitung beibehalten hatte, ihres toten Ehemannes zu gedenken als eines Opfers der Roten und Märzverbrecher. Die Ehrenrente wurde erhöht, und die Witwe, um ihr Leben fürchtend, wagte nicht, Einspruch zu erheben.

Fünf Jahre nach Kriegsende suchte der aus dem KZ heimgekehrte Genosse ihres Mannes die zurückgezogen lebende Frau auf und ließ sich trotz ihrer eindringlichen Bitten nicht davon abbringen, den neuen Behörden die Wahrheit über den Tod des Maurers zu berichten. Einen Monat später war sie als ein Opfer des Faschismus in den Akten registriert und erhielt eine Rente des sozialistischen deutschen Staates. Sie versuchte, diese abzulehnen, jedoch der Beamtin erschienen ihre Beweggründe nicht überzeugend, und um das aufkommende Mißtrauen zu entkräften, sie habe sich von der Tat und Haltung ihres gefallenen Mannes distanziert, willigte sie schließlich ein.

Sie wechselte den Wohnsitz, wich ihren Freunden aus, vermied es, mit neuen Bekannten über ihr Leben zu sprechen, und verärgerte die sie betreuende Behörde, da sie allen Treffen der ehemalig Verfolgten und Opfer des Faschismus fernblieb.

Als sie starb, konnten sich mehrere Nachbarn ihrer nur erinnern als einer scheuen, verängstigten Frau, die mit eingezogenem Kopf über die Straße huschte, um ihre kleinen Besorgungen zu erledigen.

Vorschlag zur Strafrechtsreform

Wegen staatsgefährdender Störung in Tateinheit mit schwerem Forstwiderstand wird bestraft

wer Gegenstände zur Verschönerung öffentlicher Wege böswillig verschleiert
wer eine Frau zur Gestattung des Beischlafs verleitet oder einen andern Irrtum in ihr erregt
wer die Überwachung von Fernmeldeanlagen stört
wer vorsätzlich Süßstoff herstellt

wer den Gebrauch gewisser Beteuerungsformeln unterläßt

wer ohne Erlaubnis der zuständigen Behörde
an Syphilis gelitten hat
wer auf einer Wasserstraße Gegenstände
hinlegt
wer länger als drei volle Kalendertage ab-
wesend ist

wer auf einem Eisenbahnhofe mittels Ab-
schneidens ein wichtiges Glied einer Amts-
person verringert
wer es unternimmt Luftfahrer auszubilden
wer Witwenkassen errichtet
wer Orden in verkleinerter Form trägt

wer nach gewissenhafter Prüfung die Obrig-
keit verächtlich macht
wer an einer Zusammenrottung teilnimmt
wer von den Reisewegen abweicht
wer eine Tatsache behauptet

wer ein männliches Tier zur Besamung ver-
wendet
wer sich kein Unterkommen verschafft hat
wer Befehle böswillig abreißt
wer die Schlagkraft gefährdet

wer ein Zeichen der Hoheit beschädigt
wer sich dem Müßiggang hingibt
wer Einrichtungen beschimpft
wer seine Richtung ändern will

wer sich mit Wort und Tat auflehnt
wer einen Haufen bildet
wer Widerstand leistet
wer sich nicht unverzüglich entfernt

wer ohne Vorwissen der Behörde oder seines Vorteils wegen oder vorsätzlich oder als Landstreicher oder um unzüchtigen Verkehr herbeizuführen oder mittelst arglistiger Verschweigung oder gegen Entgelt oder wissentlich oder durch Drohung mit einem empfindlichen Übel oder gröblich oder grobfahrlässig oder fahrlässig oder böswillig oder ungebührlicherweise oder auf Grund von Rechtsvorschriften oder ganz oder teilweise oder an besuchten Orten oder unter Benutzung des Leichtsinns oder nach sorgfältiger Abwägung oder mit gemeiner Gefahr oder durch Verbreitung von Schallaufnahmen oder auf die vorbezeichnete Weise oder unbefugt oder öffentlich oder durch Machenschaften oder vor einer Menschenmenge oder in einer Sitte und Anstand verletzenden Weise oder in der Absicht den Bestand der Bundesrepublik Deutschland zu beeinträchtigen oder mutwillig oder nach der dritten Aufforderung oder als Rädelsführer oder Hintermann oder in der Absicht Aufzüge zu sprengen oder wider besseres Wissen oder mit vereinten Kräften oder zur Befriedigung des Geschlechtstriebs oder als Deutscher oder auf andere Weise

eine Handlung herbeiführt oder abwendet
oder vornimmt oder unterläßt
oder verursacht oder erschwert
oder betreibt oder verhindert
oder unternimmt oder verübt oder bewirkt
    oder begeht
oder befördert *oder* beeinträchtigt
oder befördert *und* beeinträchtigt
oder befördert *und nicht* beeinträchtigt
oder beeinträchtigt *und nicht* befördert
oder *weder* befördert *noch* beeinträchtigt

Das Nähere regelt die Bundesregierung.

Der andorranische Jude

In Andorra lebte ein junger Mann, den man
für einen Juden hielt. Zu erzählen wäre die
vermeintliche Geschichte seiner Herkunft,
sein täglicher Umgang mit den Andorranern,
die in ihm den Juden sehen: das fertige Bild-
nis, das ihn überall erwartet. Beispielsweise ihr
Mißtrauen gegenüber seinem Gemüt, das ein
Jude, wie auch die Andorraner wissen, nicht
haben kann. Er wird auf die Schärfe seines
Intellektes verwiesen, der sich eben dadurch
schärft, notgedrungen. Oder sein Verhältnis
zum Geld, das in Andorra auch eine große
Rolle spielt: er wußte, er spürte, was alle wort-

los dachten; er prüfte sich, ob es wirklich so war, daß er stets an das Geld denke, er prüfte sich, bis er entdeckte, daß es stimmte, es war so, in der Tat, er dachte stets an das Geld. Er gestand es; er stand dazu, und die Andorraner blickten sich an, wortlos, fast ohne ein Zucken der Mundwinkel. Auch in Dingen des Vaterlandes wußte er genau, was sie dachten; sooft er das Wort in den Mund genommen, ließen sie es liegen wie eine Münze, die in den Schmutz gefallen ist. Denn der Jude, auch das wußten die Andorraner, hat Vaterländer, die er wählt, die er kauft, aber nicht ein Vaterland wie wir, nicht ein zugeborenes, und wiewohl er es meinte, wenn es um andorranische Belange ging, er redete in ein Schweigen hinein, wie in Watte. Später begriff er, daß es ihm offenbar an Takt fehlte, ja, man sagte es ihm einmal rundheraus, als er, verzagt über ihr Verhalten, geradezu leidenschaftlich wurde. Das Vaterland gehörte den andern, ein für allemal, und daß er es lieben könnte, wurde von ihm nicht erwartet, im Gegenteil, seine beharrlichen Versuche und Werbungen öffneten nur eine Kluft des Verdachtes; er buhlte um eine Gunst, um einen Vorteil, um eine Anbiederung, die man als Mittel zum Zweck erkannte. So wiederum ging es, bis er eines Tages entdeckte, mit seinem rastlosen und alles zergliedernden Scharfsinn entdeckte, daß er das Vaterland wirklich nicht liebte, schon das bloße Wort nicht, das jedesmal, wenn er es brauchte, ins Peinliche führte. Offenbar hatten sie recht. Offenbar konnte er überhaupt nicht lieben, nicht im andorranischen Sinn; er hatte die Hitze der Leidenschaft, gewiß, dazu die Kälte seines Verstandes, und diesen empfand man als eine immer bereite Geheimwaffe seiner Rachsucht; es fehlte ihm das Gemüt, das Verbindende; es fehlte ihm, und das war unverkennbar, die Wärme des Vertrauens. Der Umgang mit ihm war anregend, ja, aber nicht angenehm, nicht gemütlich. Es gelang ihm nicht, zu sein wie alle andern, und nachdem er es umsonst versucht hatte, nicht aufzufallen, trug er sein Anderssein sogar mit einer Art von Trotz, von Stolz und lauernder Feindschaft dahinter, die er, da sie ihm selber nicht gemütlich war, hinwiederum mit einer geschäftigen Höflichkeit überzuckerte; noch wenn er sich verbeugte, war es eine Art von Vorwurf, als wäre die Umwelt daran schuld, daß er ein Jude ist –

Die meisten Andorraner taten ihm nichts.

Also auch nichts Gutes.

Auf der andern Seite gab es auch Andorraner eines freieren und fortschrittlichen Geistes, wie sie es nannten, eines Geistes, der sich der Menschlichkeit verpflichtet fühlte: Sie achteten den Juden, wie sie betonten, gerade um seiner jüdischen Eigenschaften willen, Schärfe des Verstandes und so weiter. Sie standen zu ihm bis zu seinem Tode, der grausam gewesen ist, so grausam und ekelhaft, daß sich

116

auch jene Andorraner entsetzten, die es nicht berührt hatte, daß schon das ganze Leben grausam war. Das heißt, sie beklagten ihn eigentlich nicht, oder ganz offen gesprochen: sie vermißten ihn nicht – sie empörten sich nur über jene, die ihn getötet hatten, und über die Art, wie das geschehen war, vor allem die Art.

Man redete lange davon.

Bis es sich eines Tages zeigt, was er selber nicht hat wissen können, der Verstorbene: daß er ein Findelkind gewesen, dessen Eltern man später entdeckt hat, ein Andorraner wie unsereiner –

Man redete nicht mehr davon.

Die Andorraner aber, sooft sie in den Spiegel blickten, sahen mit Entsetzen, daß sie selber die Züge des Judas tragen, jeder von ihnen.

Mein Onkel Sally

Mein Onkel Sally hieß eigentlich Salomon, aber alle in der Familie nannten ihn Sally. Er war verheiratet mit Tante Paula, einer Schwester meiner Mutter, und sie lebten in Landsberg an der Warthe.

Onkel Sally, keineswegs ein Rheinländer, dennoch eine Frohnatur und somit gesellig und heiter, befaßte sich mit einer Art Getreidehandel – ich sage »einer Art Getreidehandel«, denn es war mir nie ganz klar, worin genau die Tätigkeit meines Onkels bestand. Nur eines war sicher: Er besaß auch einen Ausschank, schlicht gesagt eine Kneipe, die immer voll war mit Bauern aus der Umgebung und Menschen aus dem Städtchen, in dem er zu Hause war.

Onkel Sally stand oft hinter der Theke und bediente selbst. Er schien immer gutgelaunt, lachte viel und hatte eine heitere Beziehung zu seinen Gästen. Er machte gern seine Witzchen mit ihnen, und daß er sich dabei ständig wiederholte, schien niemanden zu stören. Vor allem wurden Schnäpse bestellt. Besonders beliebt war ein Rum, der angeblich aus Jamaika kam. Wenn jemand einen Rum verlangte, sagte Onkel Sally beharrlich und mit verschmitztem Lächeln: »Vorne rum oder hinten rum?« und alle brachen in schallendes Gelächter aus – »Vorne rum oder hinten rum?«

Von Onkel Sallys Schulbildung wollen wir nicht sprechen, sie war eher prekär. Auch was in der großen Welt geschah, schien ihn nicht sonderlich zu beschäftigen. Als einmal – ich war gerade in Landsberg zu Besuch – jemand zu ihm sagte, das neue Theaterstück von Ernst Toller, »Hoppla, wir leben«, sei in Berlin ein Riesenerfolg, erwiderte er: »Ja, ja, ein toller Mann!« Er wußte gar nicht, worum es sich handelte und daß der große Dramatiker Ernst Toller aus Landsberg an der Warthe stammte.

Das freimütige Lächeln verging Onkel Sally, als die dreißiger Jahre anbrachen und die kleine Stadt, in der der Onkel mit seiner Paula so lange friedlich gelebt hatte, in einem Meer von Hakenkreuzfahnen zu versinken schien. Landsberg an der Warthe besaß ein öffentliches Schwimmbad, und Onkel Sally war ein regelmäßiger und fleißiger Besucher. Er gehörte, und darauf war er stolz, zu den besten Schwimmern des Ortes. Viele Jahre später erzählte er uns in New York in allen Einzelheiten, was an einem besonders heißen Sommertag im Jahre 1934 passiert war.

Weil es ein sehr heißer Tag war, mußte das Schwimmbad stundenweise geschlossen werden. Er natürlich, als treuer Stammkunde, wurde eingelassen. Wie gewohnt, schwamm er seine üblichen Runden, erst Brust, dann Rücken – Crawl kannte man in Landsberg an der Warthe damals noch nicht. Plötzlich war er ganz allein im Wasser, mutterseelenallein, wie er sagte. Er verstand nicht, was geschehen war, aber die Erklärung kam rasch. Hunderte von Menschen, darunter viele Kinder, standen dicht gedrängt um das Becken, und nach einer beängstigenden Stille grölte ein Mann mit einer Hakenkreuzbinde über dem braunen Hemd überlaut in einen Trichter: »Der Jude Rosenkranz verseucht uns das Wasser. Keiner soll rein.«

Dem Onkel Sally, sagte er, brach das Herz, ihm kamen die Tränen. Mit schlappen Bewegungen schwamm er an den Rand des Beckens, stieg aus, zog sich an und verließ mit eingezogenem Kopf die Badeanstalt. Es war sein letzter Besuch dort, wo er sich unbeschwert und froh viele Jahre lang getummelt hatte. Der Ausschank wurde geschlossen. Was mit dem Getreidehandel geschah, weiß ich nicht. Jedenfalls emigrierten Onkel Sally und Tante Paula einige Monate später nach Amerika, und ein neues Leben begann. Aber New York war nicht Landsberg an der Warthe. »Vorne rum oder hinten rum?« wollte niemand verstehen.

Als er dazu berechtigt war, stellte Onkel Sally, wie die meisten Einwanderer, einen Antrag, um die amerikanische Staatsbürgerschaft zu erlangen. Den Bestimmungen entsprechend mußte man sich routinemäßig einem offiziellen, wenn auch recht bescheidenen Examen unterziehen. Es wurde erwartet, daß die Antragsteller minimale Kenntnisse aufwiesen, was Sprache, Geographie und Geschichte der USA, ihrer neuen Wunschheimat, anbelangte.

Als Onkel Sally zur Prüfung aufgerufen und vom Richter befragt wurde, wer der erste Präsident der Vereinigten Staaten war, blieb er lange stumm. Plötzlich aber, als hätte er den Elan seiner Landsberger Ausschankzeit wiedergefunden, riß er die Arme in die Höhe und schrie jubelnd: »*I love America, Your Honor!*«

Der Hammer fiel zur Urteilsverkündung. »US-Nationalität gewährt, Mr. Rosenkranz«, sagte der Richter.

Onkel Sally war Amerikaner.

Die Fremden

Ihre Ankunft war uns seit einer Ewigkeit signalisiert. Wir fieberten dem Ereignis ein wenig entgegen. Wir haben nicht, wie andere Gemeinden, Widerstand geleistet, nicht bis zur Erbitterung, weil wir aufgeklärter sind als die ganze Provinz und einfach besser verwaltet. Die Fremden sind ein allgemeines Problem, man muss besondere Lösungen finden. Unser Ort selbst ist eigentlich wenig geeignet, vierhundert Seelen mit Bahnanschluss; weshalb uns aber die Welt erreicht. Wir nehmen das Häuflein entgegen, sie sind hier aufgehoben; sie blicken tapfer drein, neugierig, kann man sagen, erleichterte, übermütige Rufe. Sie sehen naturgemäß abenteuernd aus, abgeschabte Habe; sie folgen bereitwillig meiner Führung durch die Vorgärten. Sie kommen endlich auf den Pfad im Wald. Hier werden sie stille. Sie mustern die grünen Gehölze. Irgendall machen sie Rast, oder ist das ihre langsame Fortbewegung; und wir beruhigen sie, dass es bald geschafft sei. Das Quartier liegt nun wirklich abseits, eine Bleibe, wo sie ungestört, unbehelligt sind. Wir weisen sie in ihre Stuben, den Speiseraum, die Sanitäranlagen. Ein Paradies, wenn man es pfleglich behandelt und in Ordnung hält.

Wir bemerken aber, schon am nächsten Tag, eine unerklärliche Unruhe. Unstete, suchende Blicke. Die Fremden streichen um das Gebäude. Sie tauchen in die Schonung und preschen wie verzweifelt hervor. Es steht ihnen, wenn sie noch die Köpfe heben, Enttäuschung im Gesicht geschrieben. Was fehlt ihnen? – Der Krieg? Sie können ihn hier haben. – Ich selbst kümmere mich um sie, das Essen ist schmackhaft, sie dürfen sich wohl befinden. Aber es hält sie nicht im Haus. Nicht dass wir Dankbarkeit erwarten; aber sie sind uns ein Rätsel. Sie stehen mit ihren Koffern auf der Treppe und halten Rat. Was wollen sie? (Sie wollen alles, was wir haben. Aber alles, was wir haben, brauchen sie nicht.) Es sind schon sehr andersdenkende Wesen. Ich bin nicht streng, ich lasse jeden leben, aber man fragt sich doch, wie? Sie verlangen ihren Abtransport. – Was machen wir falsch, Herrschaften. Es ist nicht herauszubringen. Es fehlt ihnen nichts, das ich wüsste.

Nach einigen Tagen brechen sie aus; sie ziehen ab mit Sack und Pack und marschieren schweigend zum Bahnhof. Sie wenden, im Gehen, eine Weile den Kopf, wie um Verständnis bittend und doch Verachtung nicht verbergend; nicht eben bekümmert und wohl doch besorgt. Man sieht sie zuletzt an der Rampe stehn.

Warten auf den Ausbruch der allgemeinen Heiterkeit

Jemand hat das Maisfeld zusammengerollt, es auf seinen Rücken geschnallt, zehn Meter weiter daneben auf den Boden gelegt und wieder auseinandergerollt. Dies war nicht im geringsten ein Akt der Bosheit gewesen, nein, es hat sich als sehr rentable und nutzvolle Arbeit erwiesen, denn in der so entstandenen Landschaftswunde wird jetzt die Straße gebaut.

Im Herbst rollen die Leute ihre Felder zusammen und lagern sie über Winter in den Kellern oder Silos ein.

Es gibt Meinungsverschiedenheiten, ob man die Feldrollen aufrecht an die Wände lehnen oder auf den Boden legen soll. Langsam erkennt man, daß für verschiedene Felder verschiedene Regeln einzuhalten sind. Außerdem ist es von Vorteil, sich den gegebenen Räumlichkeiten anzupassen.

Besonders leicht einrollbar sind Weizen-, Roggen-, Gerste- und Haferfelder. Bei Hopfenfeldern sind diesbezüglich schon gewisse Schwierigkeiten aufgetaucht, da die Hopfenstangen nicht biegbar sind und im eingerollten Zustand die gerade über oder unter ihnen liegenden Bodenteile durchstoßen. In früheren Zeiten sei das Zusammenrollen von Feldern eine noch unbekannte Methode der Landschaftstransplantation gewesen. Man habe ein Zugtier oder eine Zugmaschine vor dem Feld Aufstellung nehmen lassen, das Feld mit einem oder mehreren Seilen an den Zugtieren oder Zugmaschinen angebunden, und das Zugtier oder die Zugmaschine habe dann das Feld zur gewünschten Stelle gezogen.

Sollte das Feld zu groß sein, besteht die Möglichkeit, es zunächst in kleinere Stücke zu zerschneiden und dann die einzelnen Teile gesondert zusammenzurollen.

Zum Zerschneiden stehen eigens dafür konstruierte »Bodenschneidemaschinen« zur Verfügung. Es handelt sich dabei um traktor- oder fuhrwerkähnliche Fahrzeuge, aus deren Hinterseite als eine Art Wurmfortsatz ein Messer herausragt, das, betätigt man einen ganz gewissen Hebel beim Fahrersitz, sich tief in den Boden bohrt. Das Fahrzeug wird in Bewegung gesetzt, das tief im Boden steckende Messer wird selbstverständlich mitgezogen und zerschneidet, wie man annehmen kann, das Feld. Beim Einrollen von Sonnenblumenfeldern ist es ratsam, zu achten, daß die Sonnenblumen nicht geknickt werden und abbrechen. Die wenigsten·Schwierigkeiten hat man beim Einrollen von Kleefeldern und Wiesen.

Hopfenfelder werden in letzter Zeit nicht mehr eingerollt, sondern wie in früheren Zeiten *gezogen,* und zwar so, daß die Verwendung von Seilen wegfällt. Bei größeren Grundstükken wird man nicht umhinkommen, mehrere solcher Geräte einzusetzen.

Warum werden Felder überhaupt eingerollt oder verschoben?

1. Weil man sie im Herbst in den Kellern oder Silos über Winter einlagern will,
2. weil man sie dort, wo sie gerade sind, nicht brauchen kann,
3. weil man dort, wo sie gerade sind, etwas anderes haben will und
4. weil man sie woanders haben will.

Es sind schon viel Felder und Gärten gestohlen worden.

*Die ersten beiden Sätze
für ein Deutschlandbuch*

Als die ersten Nachrichten von den Massenmorden an Juden in die Stadt gelangten und jedermann meinte, sie seien übertrieben, so schlimm könne es ja wohl nicht sein, und jeder dennoch ganz genau wußte, daß sich das alles tatsächlich so verhielt, daß keine noch so ungeheuren Zahlen, keine noch so gräßlichen Methoden und raffinierten Techniken, von denen man hörte, übertrieben waren, daß wirklich alles so sein mußte, weil es gar nicht anders sein konnte, und daß es längst nicht mehr die Zeit war, davon zu reden, ob es nicht doch noch andere, mildere, menschlichere Verfahren gegeben hätte, Ausweisungen ja wohl nicht mehr, jetzt im Kriege, aber doch garantierte Reservationen, mit Eigenverwaltung undsoweiter, als das völlige Schweigen an der Reihe war, als man sich selber schon hinweggeschwiegen hatte, wer weiß wovon und wer weiß wohin, gegen nichts mehr einen Widerspruch aufsteigen spürte, nur so daherredete, zwischen einem nachlässig stilisierten Witz und dem feierlich-feuchten Gefühl, in einen Schicksalskampf von mythischem Rang einbezogen zu sein, wider Willen, zugegeben, als es so weit war mit denen, die frei herumliefen in Deutschland und frei herumlebten, unter den erschwerten Bedingungen des Krieges, zugegeben, als sie so weit gekommen waren, – was nichts heißen soll, denn so weit waren sie ja dann wohl schon seit je gewesen, wenn es jetzt so gut klappte, als es also war wie schon immer, als das so war, läuteten die Glocken – für gar nichts Besonderes: die Hochzeit eines Hirnverletzten, dem man in Anbetracht seiner militärischen Auszeichnungen diesen Wunsch nicht hatte abschlagen können, eines garnisonsverwendungsfähig geschriebenen, aber für die nächsten Jahre vorerst beurlaubten Oberleutnants der Pioniere, mit einer Krankenschwester namens Erika, die ihn im Sanatorium vom Fensterkreuz, an dem er sich aufgeknüpft, mit eigner Hand abgeschnitten hatte und die er am Abend der Hochzeit noch erwürgte, in einem sogar vermuteten Anfall von Geistesgestörtheit, was auch nichts heißt, denn geistesgestört zu sein war ohnehin sein behördlicher Zustand gewesen seither, das heißt seit zwei Jahren, seit seiner Verletzung.

Das eine also seit zwei Jahren, das andere seit wann?

Bedingungen für die Nahrungsaufnahme

Mir ist der Fall eines Kindes bekannt, das, knapp nachdem es ein Jahr alt geworden war, nichts mehr essen wollte. Wenn man ihm seine Nahrung, die meistens aus einem Brei bestand, eingeben wollte, verwarf es die Hände vor dem Gesicht, schüttelte den Kopf und wand sich, so daß es unmöglich war, ihm auch nur einen Löffel davon in den Mund zu bringen. War man doch einmal so weit vorgedrungen, spuckte es sofort alles wieder aus und begann zu schreien. Das einzige, was es zu sich nahm, war etwas Wasser, aber schon wenn man ihm statt dessen Milch hinhielt, wollte es nichts mehr davon wissen.

Die Eltern waren beunruhigt und konnten sich diese plötzliche Änderung nicht erklären. Sie versuchten das Kind zuerst mit Zureden, dann mit Drohungen und Schlägen zur Annahme des Breis zu bewegen, aber es war vergebens; sie legten ihm eine Banane hin, die es sonst unter allen Umständen gegessen hätte, doch das Kind nahm sie nicht. Erst ein Zufall führte zu einer Lösung. Das Zimmer des Kindes war mit einem Gatter, das man in den Türrahmen einklemmte, abgesperrt, so daß das Kind bei offener Türe im Zimmer gelassen werden konnte und man hörte, was drinnen vorging, ohne daß es die Möglichkeit hatte hinauszurennen. Am dritten Tag der Nahrungsverweigerung wollte der Vater der Mutter, die sich schon im Zimmer befand, um das Kind zu Bett zu bringen, den Brei hineinreichen, da kam das Kind an das Gatter gelaufen und schaute begierig zum Teller hinauf. Sogleich beugte sich der Vater hinunter und begann, ihm über das Gatter hinweg den Brei einzulöffeln, und das Kind, das sich mit den Händen an den Stäben hielt und mit dem Kopf gerade über den Gatterrand hinausreichte, schien sehr zufrieden und aß den ganzen Brei auf. Am nächsten Morgen fütterte der Vater, bevor er zur Arbeit ging, das Kind auf dieselbe Weise, und es zeigte nicht die geringsten Widerstände. Als aber die Mutter am Mittag dem Kind den Brei über das Gatter geben wollte, lief es weg und schlug den Deckel seiner Spieltruhe solange auf und zu, bis sich die Mutter aus dem Türrahmen entfernte. Vom Vater nahm es am Abend wieder ohne Umstände den Brei über das Gatter.

Nun aß das Kind zwar wieder, aber die Tatsache, daß es nur von seinem Vater gespeist werden wollte, machte den Eltern zu schaffen. Abgesehen davon, daß es so nur zwei Mahlzeiten am Tag bekam, war es für den Vater nicht einfach, jeden Abend pünktlich dazusein, um dem Kind sein Essen zu verabreichen, er mußte sich von Berufs wegen öfters von seinem Wohnort wegbegeben. Einmal erschien er leicht verspätet und hörte das Kind schon schreien, warf den Mantel rasch über einen Stuhl, ging zum Kinderzimmer und gab dem Kind sein Essen. Erst nachher merkte er, daß er vergessen hatte, seinen Hut dazu abzunehmen. Als er am andern Morgen wieder zum Kind ging, wollte es nicht essen, zeigte ihm jedoch unablässig auf den Kopf. Da erinnerte sich der Vater, holte seinen Hut und setzte ihn auf, und befriedigt ließ sich das Kind nun seinen Brei geben. Von nun an mußte der Vater immer einen Hut anhaben, wenn er wollte, daß das Kind aß.

Bisher war die Mutter stets zugegen gewesen, wenn das Kind sein Essen erhielt, nun blieb sie einmal am Morgen, als sie schlecht geschlafen hatte, im Bett, da sich der Vater anerboten hatte, das Kind allein zu besorgen. Das Kind weigerte sich aber, den Brei ohne die Gegenwart der Mutter zu essen, und so blieb dem Vater nichts anderes übrig, als die Mutter herzuholen, welche sich im Nachthemd auf ein Kinderstühlchen setzte.

Am selben Abend wehrte sich das Kind schreiend gegen die Zumutung, seinen Brei zu essen, dabei war alles in Ordnung. Der Vater stand außerhalb des Gatters und hatte seinen Hut an, und die Mutter war auch dabei. Allerdings trug sie jetzt ihre Tageskleidung, und da das Kind immer wieder auf die Mutter zeigte, zog sie schließlich ihr Nachthemd an und kam wieder ins Zimmer. Das Kind war aber erst zufrieden, als sie sich wieder auf das Kinderstühlchen setzte und von dort aus zuschaute, wie es aß.

Von jetzt an mußte sich die Mutter immer zur Essenszeit des Kindes das Nachthemd anziehen, sonst war an eine Nahrungsaufnahme gar nicht zu denken.

Bald ließ sich das Kind nicht mehr von zufällig eingetretenen Ereignissen leiten, die es wiederholt haben wollte, sondern begann, sich selbst neue Forderungen auszudenken. So deutete es als nächstes auf den Schrank, der im Zimmer stand, und schaute dazu seine Mutter an. Die Mutter ging auf den Schrank zu und wollte ihn öffnen, doch da heulte das Kind auf und zeigte auf die Decke des Schranks. Die Mutter sagte, nein, das mache sie nicht, da legte sich das Kind auf den Boden und strampelte mit Händen und Füßen in der Luft, indem es gellende Schreie von besonderer Widerlichkeit dazu ausstieß. Trotzdem beschlossen die Eltern, auf diesen Wunsch des Kindes nicht einzugehen, und so mußte es ohne Essen ins Bett. Bis zum Morgen, so hofften sie, hätte es den Gedanken bestimmt wieder vergessen.

Als die Mutter am andern Morgen im Nachthemd auf dem Kinderstühlchen saß und der Vater im Hut vor dem Gatter stand und dem Kind das Essen eingeben wollte, lehnte es wieder ab und zeigte auf die Decke des Schranks. Die Eltern erfüllten ihm den Wunsch nicht, aber das Kind aß nichts.

Nach zwei Tagen, als es bereits Schwächeerscheinungen zeigte, weil es außer Wasser nichts zu sich genommen hatte, gaben die Eltern nach, die Mutter kletterte im Nachthemd auf den Schrank und legte sich flach hin, worauf das Kind sofort und mit großer Begeisterung seinen Brei aß, sich aber immer wieder mit Blicken versicherte, ob die Mutter ihm auch wirklich beim Essen zuschaue. Die Eltern waren nach dieser Niederlage sehr geschlagen und schauten geängstigt dem entgegen, was noch kommen würde. Man kann sich fragen, ob ihr Verhalten richtig war, aber sie sahen keinen andern Weg, um das Kind nicht verhungern zu lassen. Die Kinderärztin, die immer für die Kinder und gegen die Eltern entschied, empfahl dringend, den Wünschen des Kindes nachzugeben, da es wichtiger sei, daß das Kind esse, als daß die Eltern möglichst sorglos lebten, und ein Kinderpsychologe, mit dem der Vater bekannt war, konnte auch nicht helfen, sprach von einer etwas verfrühten Trotzphase und machte vage Hoffnungen, daß sie vorübergehend sei.

Dafür gab es aber noch keine Anzeichen, denn als das Kind das nächstemal essen sollte, rannte es zum Fenster und war nicht mehr davon wegzubringen. Der Vater wies das Kind auf die Mutter hin, die ordnungsgemäß im Nachthemd auf dem Schrank lag, deutete auf seinen Hut und wollte ihm das Essen über das Gatter geben, aber das Kind schüttelte sich am ganzen Körper und griff mit beiden Händen nach dem Fenstersims. Der Vater wollte es zwar nicht wahrhaben, aber er wußte, was das bedeutete. Das Zimmer lag im ersten Stock, er holte also eine Leiter im Keller, stellte sie außen an das Haus, stieg darauf zum Kinderzimmer hoch und reichte dem Kind den Brei durch das offene Fenster. Das Kind strahlte und aß alles auf.

Am folgenden Tag regnete es, und der Vater erstieg die Leiter zum Kinderzimmer mit einem Regenschirm. Von nun an mußte er immer mit dem Regenschirm ans Fenster kommen, unabhängig vom Wetter, sonst wurde der Brei nicht gegessen.

Inzwischen hatten die Eltern, um sich etwas zu entlasten, ein Dienstmädchen genommen. Das Kind jedoch lehnte dieses gänzlich ab und wollte sich nur von der Mutter betreuen lassen. Auch die Hoffnung, das Dienstmädchen könne sich im Nachthemd der Mutter auf den Schrank legen, erwies sich als falsch, das Kind verfiel fast in Tobsucht ob des plumpen Täuschungsversuches. Als aber das Dienstmädchen das Zimmer verlassen wollte, war es auch wieder nicht recht. Es mußte am Gatter stehenbleiben und ebenfalls zusehen, wie das Kind aß, und auch das reichte noch nicht. Es aß erst, wenn das Dienstmädchen bei jedem Löffel, den es schluckte, einmal eine Rasselbüchse schüttelte.

Das, hätte man annehmen können, war nun fast das äußerste, aber jetzt fing das Kind an, den Vater wegzustoßen, wenn er sich über den Sims lehnte, und auch den Teller mit dem Brei hinunterzuwerfen, den der Vater jeweils aufs Fensterbrett stellte. Dem Vater fiel nichts anderes mehr ein, als sich eine sehr hohe Bockleiter zu kaufen. Die stellte er in einiger Entfernung von der Hausmauer auf, stieg dann hoch und verabreichte dem Kind den Brei mit einem Löffel, den er an einem Bambusrohr befestigt hatte. Um mit diesem Löffel in den Brei eintauchen zu können, mußte er den linken Arm mit dem Teller ganz ausstrecken, konnte also den Brei nicht auf der Leiter abstellen. Da er aber nicht ohne Schirm auftreten durfte und ihn nicht wie bisher in der Hand halten konnte, hatte er sich ein Drahtgestell angefertigt, das er auf die Schultern nehmen konnte und in welches der Schirm eingesteckt wurde, so daß er ihn etwa in derselben Höhe über sich trug, wie wenn er ihn in der Hand gehabt hätte.

Ein Nachbar, der zu diesem Zeitpunkt einen Feldstecher auf das Haus gerichtet hat, sieht also folgendes:

Der Vater reicht dem Kind den Brei in einem an einer Bambusstange befestigten Löffel von einer Bockleiter außerhalb des ersten Stockes durchs Fenster. Dazu trägt er einen Hut und einen Regenschirm, den er an einem Drahtgestell über den Schultern festgemacht hat. Die Mutter liegt im Nachthemd auf dem Schrank, und das Dienstmädchen steht vor dem Gatter, das im Türrahmen eingeklemmt ist. Beide schauen zu, wie das Kind ißt, und das Dienstmädchen schüttelt zusätzlich bei jedem Löffel, den das Kind schluckt, eine Rasselbüchse.

Wenn diese Bedingungen erfüllt sind, und nur dann, dann ißt das Kind.

Mein Staat, eine Utopie

Meine warme Sonne scheint über meinem Staat, meine Luft ist salzig, mein Wind brisig, mein Winter schneeig. Meine grünen Palmen wiegen sich im Wind meines Pazifiks. Meine eisigen Gebirge schweigen. Es gehen meine nackten braunen Frauen durchs Schilfgras. Überall sind Pergolas mit Trauben. Ich höre meine Untertanen singen. Immer um 4 Uhr müssen sie ein Brombeerjoghurt essen, ich weiß, was gesund ist für sie. Rings um meinen

Staat ist das Mus. Wer sich bis zu uns hineingebissen hat, wird von meinen Grenzwächtern gezwungen, sich zurückzubeißen. Da kennen wir nichts, ich und meine Untertanen.

Aus unsern Brunnen fließen Flüssigkeiten, je nachdem. An unsern Bäumen hängen Eßwaren. Unsre Singvögel fliegen uns in den Mund, wenn sie nicht in ihren Nestern aus Polenta sitzen und warten, bis sie gepflückt werden.

Alle Hunde sind verboten.

Ab sofort sind auch der Milchreis, der Opel und der Damenhut verboten.

Alle meine Menschen sind gut. Wenn es einen Krach gibt, bin ich der Stärkere. In meinem Städtebau herrscht ein Chaos, da ich alle Architekten, die ich erwische, in die Rheinschiffahrt versetze. Da, wo das neue Schauspielhaus war, ist jetzt mein Varieté mit meiner Gartenwirtschaft und meinem Kino. Man sieht einen alten komischen Film, in dem der Inhaber mit Schweiß auf der Stirn den Angestellten erklärt, warum sie die Angestellten sind. Nachher ist Tanz. Ich wiege Susanne in meinem starken Arm, sie hat blonde Haare und einen weichen Atem, ich bin ein Staatsoberhaupt, das alle lieben. In meiner Ehrenloge sitzen meine Günstlinge, sie spielen Schach, trinken Wein und unterhalten sich.

Es wird gearbeitet. Alle schnitzeln wie die Wilden an ihren Weihnachtsgeschenken. Weihnachten ist ein alter Brauch in meinem

Staat. Wir holen uns einen Nadelbaum aus dem Wald und schmücken ihn mit Wachskerzen und Engelshaar. Darunter stellen wir die Geschenke, die wir selber gemacht und in Weihnachtspapier eingewickelt haben. Nachher essen wir. Es gibt Hors-d'œuvre, Schweinelendchen in Rahmsauce, Weine, Käse, Früchte und Eise. Wir waschen erst am andern Morgen ab, weil Weihnachten ist.

In meinem Rundfunk kann jeder senden, was er will. Es ist eine Frage der Muskelkraft, wer zuerst am Mikro ist. Jetzt ist wieder 4 Uhr. Alle essen ihr Brombeerjoghurt. Jeder kann bei uns zaubern. Meine Untertanen benützen dazu den Zylinder. Wir können fliegen.

Alle Whimpies, Gumpelmänner, Mövenpicks und Wienerwalds werden zugemauert. Alle können immer mein Auto benützen, nur, es muß da sein, wenn ich es haben will. Ich bin der Förster meines Staats. Wenn ich nicht in den Wald will, wachsen die Bäume auch von allein.

Globi wird von meiner Geheimpolizei sorgfältig überwacht, damit er nicht allzu viele gute Taten macht. Pfadfinder, Kadetten und Katholiken werden zu Weinbauern umgeschult. In die Schulen allerdings fahre ich mit dem eisernen Besen. Tag und Nacht schleiche ich an die Fenster, um zu sehen, ob die Eltern ihren Kindern sagen, man sitzt still am Tisch, wenn der Großvater betet.

Der Rhein wird mit neuem Wasser gefüllt. Der Auto-Test wird abgeschafft. Das Auto wird abgeschafft. Es gibt keine Aussteuern mehr. In meinem Staat herrscht eine Friedhofsruhe, wenn um 4 Uhr alle ihr Brombeerjoghurt essen, jetzt in der Sonne, unter den Pergolas. Nur die Vögel zwitschern. Alle haben Knoblauch gern.

Es ist Schluß damit, daß man in Malmö einen Gorgonzola kaufen kann und in Frankfurt einen Emmentaler.

Wer sich für ein vereinigtes Europa einsetzt, muß sofort durch unser Mus in die Außenwelt. Da sind die Grenzen meiner Toleranz erreicht.

Im übrigen wird, wer gegen mein Regime stänkert, von meiner Palastwache herbeigeschleppt. Er muß das nochmals sagen. Ich höre es mir an, ich gebe nach, weil ich die Klügere bin. Mit lauter Stimme will mein Untertan mein Regime loben, aber gerade ist es 4 Uhr, glücklich sehe ich meinem ertappten Untertanen zu.

Autoren und Quellen

Auf dem Bahnsteig

● 15 Franz Hohler: ›Der Granitblock im Kino‹, in: *Der Granitblock im Kino und andere Geschichten für Kinder.* Luchterhand Verlag: Darmstadt 1981. © Franz Hohler ● 16 Günter Eich: ›Hausgenossen‹, in: *Gesammelte Werke in vier Bänden. Bd. IV: Vermischte Schriften.* © Suhrkamp Verlag, Frankfurt am Main 1991. Alle Rechte bei und vorbehalten durch Suhrkamp Verlag Berlin ● 18 Helmut Heißenbüttel: ›Herbst der singenden Menschenaffen‹, in: *Das Ende der Alternative. Einfache Geschichten. Projekt 3/3.* © Klett-Cotta, Stuttgart 1980 ● 19 Brigitte Kronauer: ›Glückliche Zustände‹, in: *Die Revolution der Nachahmung.* Verlag Bert Schlender: Göttingen 1975. © Brigitte Kronauer ● 19 Wolf Wondratschek: ›43 Liebesgeschichten‹, in: *Früher begann der Tag mit einer Schußwunde.* Carl Hanser Verlag: München 1969. © Wolf Wondratschek

Kürzeststrecken

● 21 Reinhard Lettau: ›Absage‹, in: *Alle Geschichten,* hrsg. von Dawn Lettau und Hanspeter Krüger. © Carl Hanser Verlag, München 1998 (zuerst in: *Auftritt Manigs.* © Carl Hanser Verlag, München 1963) ● 22 Gerhard Amanshauser: ›Irrende Ritter‹, in: *Ärgernisse eines Zauberers.* Residenz Verlag: Salzburg 1973. © Gerhard Amanshauser, mit Genehmigung von Barbara Amanshauser ● 23 Wolfgang Deichsel: ›Glatzkopf‹, gehört zu: ›Telefonate‹, in: *Frankenstein. Aus dem Leben der Angestellten, Quartheft* 57. Verlag Klaus Wagenbach: Berlin 1972; später in: *Werke. Bd. 3: Frankenstein 1: Aus dem Leben der Angestellten.* © Verlag der Autoren, Frankfurt am Main 1992 ● 23 Marie Luise Kaschnitz: ›Steht noch dahin‹, in: *Gesammelte Werke in sieben Bänden. Bd. 3: Die autobiographische Prosa II,* hrsg. von Christian Büttrich und Norbert Miller. © Insel Verlag, Frankfurt am Main 1985. Alle Rechte bei und vorbehalten durch Insel Verlag Berlin ● 24 Jan Peter Bremer: ›Mütze am Morgen‹, in: *In die Weite.* Edition Mariannenpresse: Berlin 1987. © Jan Peter Bremer ● 25 Clemens J. Setz: ›Sehr kurz‹ (Titel d. Hrsg.; im Original: ›Eine sehr

kurze Geschichte‹), in: *Die Liebe zur Zeit des Mahlstädter Kindes.*
© Suhrkamp Verlag, Frankfurt am Main 2011. Alle Rechte bei und
vorbehalten durch Suhrkamp Verlag Berlin   ● 26 Nora Gom-
ringer: ›Mann in Luzern‹, in: *Mein Gedicht fragt nicht lange.* © Vo-
land & Quist, Dresden und Leipzig 2011   ● 26 Arno Geiger:
›Neuigkeit aus Hokkaido‹, in: *Anna nicht vergessen.* © Carl Hanser
Verlag, München 2007   ● 27 Kerstin Hensel: ›Blindgänger‹, in:
Das gefallene Fest. Gedichte und Denkzettel. © Poetenladen, Leipzig
2013   ● 27 Julia Schoch: ›Familientauglichkeit‹ (Titel d. Hrsg.;
im Original: ›Seit zwei Wochen‹), in: *Steltz & Brezoianu. Ein Mo-
saik für Leidenschaftliche.* © Edition Azur, Jena 2007   ● 28 Günter
Grass: ›Sophie‹, in: *Sämtliche Gedichte,* hrsg. von Werner Frizen.
© Steidl Verlag 2007   ● 29 Irina Liebmann: ›Alles zu‹, in: *Mit-
ten im Krieg.* Frankfurter Verlagsanstalt: Frankfurt am Main 1989.
© Irina Liebmann   ● 30 Sarah Kirsch: ›Krähenbaum‹, in: *Sämtli-
che Gedichte.* © Deutsche Verlags-Anstalt, München 2005, in der
Verlagsgruppe Random House GmbH   ● 30 Elke Erb: ›Kunst-
blume‹, in: *Trost. Gedichte und Prosa,* ausgewählt von Sarah Kirsch.
Deutsche Verlags-Anstalt: Stuttgart 1982. © Elke Erb   ● 31 Kat-
ja Lange-Müller: ›Das kleinere Glück‹, in: *Wehleid – wie im Leben.
Erzählungen.* S. Fischer Verlag: Frankfurt am Main 1986. © Katja
Lange-Müller   ● 32 Erich Fried: ›Die Tragödie‹, in: *Tintenfisch*
Heft 9, sowie: *Fast alles Mögliche.* © Verlag Klaus Wagenbach,
Berlin 1976

Unterbrechung: Fahrscheinkontrolle

● 33 Gisela Elsner / Klaus Roehler: ›Zählen‹ (aus: *Triboll. Lebens-
lauf eines erstaunlichen Mannes*), in: Gisela Elsner: *Versuche, die
Wirklichkeit zu bewältigen.* © Verbrecher Verlag 2013   ● 34 Wolfgang Ebert: ›Die Sicherheit‹, in: *Taschen-Theater. 72 Splits.* © 1982
by Nymphenburger in der F. A. Herbig Verlagsbuchhandlung
GmbH, München

Kurzstrecken, Fortsetzung

● 35 Alexander Kluge: ›Glücklicher Zufall‹, in: *Chronik der Gefühle. Bd. I: Basisgeschichten.* © Suhrkamp Verlag, Frankfurt am Main
2000. Alle Rechte bei und vorbehalten durch Suhrkamp Verlag
Berlin   ● 36 Jurek Becker: ›Der Nachteil eines Vorteils‹, in: *Nach
der ersten Zukunft. Erzählungen.* © Suhrkamp Verlag, Frankfurt

am Main 1983. Alle Rechte bei und vorbehalten durch Suhrkamp Verlag Berlin ● 37 Peter Bichsel: ›Gazellen und Löwen‹ (Titel d. Hrsg.; im Original: ›Wege zum Fleiss‹), in: *Geschichten zur falschen Zeit. Kolumnen 1975–1978.* © Suhrkamp Verlag, Frankfurt am Main 1998. Alle Rechte bei und vorbehalten durch Suhrkamp Verlag Berlin ● 38 Ror Wolf: ›Ein Mann fand es gut‹, in: *Die Gefährlichkeit der großen Ebene. Ror Wolf Werke. Prosa III,* hrsg. von Kai U. Jürgens. © Schöffling und Co. Verlagsbuchhandlung GmbH, Frankfurt am Main 2012 ● 39 Botho Strauß: ›Über Kälte‹, in: *Niemand anderes.* © Carl Hanser Verlag, München 1987 ● 40 Heiner Müller: ›Herzstück‹, in: *Werke. Bd. 2: Die Prosa,* hrsg. von Frank Hörnigk. © Suhrkamp Verlag, Frankfurt am Main 1999. Alle Rechte bei und vorbehalten durch Suhrkamp Verlag Berlin ● 41 Reinhard Lettau: ›Feinde‹, in: *Alle Geschichten,* hrsg. von Dawn Lettau und Hanspeter Krüger. © Carl Hanser Verlag, München 1998 (zuerst in: *Feinde.* © Carl Hanser Verlag, München 1968) ● 42 Günter Bruno Fuchs: ›Geschichte vom Handeln um des Eierhandels willen‹, in: *Zwischen Kopf und Kragen.* © Verlag Klaus Wagenbach, Berlin 1967 ● 43 Bertolt Brecht: ›Form und Stoff‹, in: *Werke. Große kommentierte Berliner und Frankfurter Ausgabe. Bd. 18: Prosa 3.* © Bertolt-Brecht-Erben / Suhrkamp Verlag 1995 ● 43 Helga M. Novak: ›Das Licht‹, in: *Aufenthalt in einem irren Haus. Gesammelte Prosa.* © Schöffling & Co. Verlagsbuchhandlung GmbH, Frankfurt am Main 1995 ● 44 Herbert Heckmann: ›Robinson‹, zuerst in: *Das Portrait. Erzählungen.* S. Fischer Verlag: Frankfurt am Main 1958; später in: *Gedanken eines Katers beim Dösen und andere Geschichten.* © Frankfurter Societäts-Druckerei GmbH, Frankfurt am Main 2009 ● 45 Friederike Mayröcker: ›Die Sirenen des Odysseus‹, in: *Gesammelte Prosa in 5 Bänden, I: 1949–1977.* © Suhrkamp Verlag, Frankfurt am Main 2001. Alle Rechte bei und vorbehalten durch Suhrkamp Verlag Berlin ● 46 Günter Kunert: ›Kramen in Fächern‹, in: *Tagträume in Berlin und andernorts. Kleine Prosa, Erzählungen, Aufsätze.* © Carl Hanser Verlag, München 1972 ● 47 Herta Müller: ›Arbeitstag‹, in: *Niederungen.* © Carl Hanser Verlag, München 2010 ● 48 Tilman Rammstedt: ›Veit‹ (Titel d. Hrsg.; im Original: ›Mitteilung‹), in: *Erledigungen vor der Feier.* © DuMont Buchverlag, Köln 2003 ● 49 Ernst Jandl: ›omoton‹, in: *Poetische Werke,* hrsg. von Klaus Siblewski. © 1997 Luchterhand Literaturverlag, München, in der Verlagsgruppe Random House GmbH ● 50 Hans Christoph Buch: ›Ruhende Aktivität‹ (Titel d. Hrsg.; im

Original: ›Kurzgeschichte‹), in: *Tintenfisch* Heft 20. © Hans Christoph Buch   ● 52 Ursula Krechel: ›Der Entschluß‹, in: *Die Freunde des Wetterleuchtens*. Luchterhand Verlag: Frankfurt am Main 1990. © Ursula Krechel   ● 53 Franz Fühmann: ›Der Traum von der Steppe‹, in: *Unter den Paranyas. Traum-Erzählungen und -Notate*. © Hinstorff Verlag GmbH, Rostock 1968   ● 54 Peter Schneider: ›Straßenverkehr‹, in: *Ansprachen. Reden, Notizen, Gedichte*. Verlag Klaus Wagenbach: Berlin 1970. © Peter Schneider   ● 55 Harry Rowohlt: ›Ein Wort, das ich normalerweise nie verwende‹, in: *Pooh's Corner II. Neue Meinungen und Deinungen eines Bären von geringem Verstand. Gesammelte Werke*. Haffmans Verlag: Zürich 1997. © Harry Rowohlt   ● 57 George Tabori: ›Rückfrage‹ (Titel d. Hrsg.; im Original ohne Titel), in: *Bett & Bühne. Über das Theater und das Leben*. © Verlag Klaus Wagenbach, Berlin 2007

Zwei Stationen

● 59 Thomas Bernhard: ›Der Anstreicher‹, in: *Erzählungen, Kurzprosa. Werke in 22 Bänden. Bd. 14*. © Suhrkamp Verlag, Frankfurt am Main 2003. Alle Rechte bei und vorbehalten durch Suhrkamp Verlag Berlin   ● 60 Heimito von Doderer: ›Der Oger‹, in: *Die Erzählungen*, hrsg. von Wendelin Schmidt-Dengler, 4. Auflage. © C. H. Beck, München 2006   ● 62 Peter Hacks: ›Tiny, die Kraftmaid‹, aus: ›Die Gräfin Pappel‹, in: *Werke, Bd. 9: Die Erzählungen*. © Eulenspiegel Verlag, Berlin 2003   ● 64 Heinrich Böll: ›Anekdote zur Senkung der Arbeitsmoral‹, in: *Heinrich Böll. Kölner Ausgabe. Bd. 12: 1959–1963*, hrsg. von Robert C. Conard. © Kiepenheuer & Witsch GmbH & Co. KG, Köln 2008   ● 68 Wolfgang Koeppen: ›Das Haus an der Costa Brava‹, in: *Auf dem Phantasieroß. Prosa aus dem Nachlaß*. © Suhrkamp Verlag, Frankfurt am Main 2000. Alle Rechte bei und vorbehalten durch Suhrkamp Verlag Berlin   ● 70 Christoph Meckel: ›Freundlich sein‹, in: *Im Lande der Umbramauten*. Deutsche Verlags-Anstalt: Stuttgart 1961. © Christoph Meckel   ● 71 Peter Handke: ›Wer hat schon einmal geträumt, ein Mörder geworden zu sein‹, in: *Die Stunde der wahren Empfindung*. © Suhrkamp Verlag, Frankfurt am Main 1975. Alle Rechte bei und vorbehalten durch Suhrkamp Verlag Berlin   ● 73 Julia Franck: ›Streuselschnecke‹, in: *Bauchlandung. Geschichten zum Anfassen*. © Julia Franck 2000. Alle Rechte vorbehalten: S. Fischer Verlag GmbH, Frankfurt am Main   ● 76 Christa Wolf: ›Vatertag‹, bisher unveröffentlichte

Erzählung (1973) aus dem Nachlaß. © Gerhard Wolf   ● 78 Thomas Brasch: ›Eulenspiegel‹, in: *Vor den Vätern sterben die Söhne.* © Suhrkamp Verlag, Frankfurt am Main 2002. Alle Rechte bei und vorbehalten durch Suhrkamp Verlag Berlin   ● 80 Thomas Bernhard: ›Der Stimmenimitator‹, in: *Der Stimmenimitator.* © Suhrkamp Verlag, Frankfurt am Main 1978. Alle Rechte bei und vorbehalten durch Suhrkamp Verlag Berlin   ● 81 H. C. Artmann: ›Abenteuer eines Weichenstellers‹, in: *Fleiß und Industrie.* © Suhrkamp Verlag, Frankfurt am Main 1967. Alle Rechte bei und vorbehalten durch Suhrkamp Verlag Berlin   ● 83 Ilse Aichinger: ›Eine Reise nach »fort«‹, in: *Unglaubwürdige Reisen.* © S. Fischer Verlag GmbH, Frankfurt am Main 2005   ● 84 Elias Canetti: ›Der Lobsammler‹ (Titel d. Hrsg.; gehört zu: ›Zwei Tagebuchnotizen‹), in: *Die Provinz des Menschen.* © Carl Hanser Verlag, München 1973   ● 86 Anne Weber: ›Röntgenblick‹, in: *Ida erfindet das Schießpulver. Geschichten.* © S. Fischer Verlag GmbH, Frankfurt am Main 2012   ● 87 Antonio Fian: ›Liebe '38‹ (Titel d. Hrsg.; zuerst: ›1938, Liebe‹), in: *Einöde. Außen, Tag. Erzählungen.* © Literaturverlag Droschl, Graz / Wien 1987   ● 89 Irmtraud Morgner: ›Kaffee verkehrt‹, in: *Leben und Abenteuer der Trobadora Beatriz nach Zeugnissen ihrer Spielfrau Laura.* Aufbau Verlag: Berlin u. a. 1974. © David Morgner   ● 91 Felicitas Hoppe: ›Was nicht ist‹, in: *Picknick der Friseure.* © Felicitas Hoppe 1996. Alle Rechte vorbehalten: S. Fischer Verlag GmbH, Frankfurt am Main

Drei Stationen. Oder: Halt auf freier Strecke

● 95 Heinz Czechowski: ›Meine Besitztümer‹, in: *Mein Venedig. Gedichte und andere Prosa.* Verlag Klaus Wagenbach: Berlin 1989. © Erben von Heinz Czechowski   ● 97 Wolfgang Hilbig: ›Der Leser‹, in: *Unterm Neomond. Erzählungen.* © S. Fischer Verlag GmbH, Frankfurt am Main 1982   ● 99 Arno Schmidt: ›Die Lange Grete‹, in: *Trommler beim Zaren.* © 1966 Stahlberg Verlag GmbH Karlsruhe. Alle Rechte vorbehalten: S. Fischer Verlag GmbH, Frankfurt am Main   ● 102 Uwe Johnson: ›Jonas zum Beispiel‹, in: *Karsch, und andere Prosa.* © Suhrkamp Verlag, Frankfurt am Main 1964. Alle Rechte bei und vorbehalten durch Suhrkamp Verlag Berlin   ● 105 Günter Kunert: ›Die kleinen grünen Männer‹, in: *Tagträume in Berlin und andernorts. Kleine Prosa, Erzählungen, Aufsätze.* © Carl Hanser Verlag, München 1972

Überland

● **109** Christoph Hein: ›Die Witwe eines Maurers‹, in: *Nachtfahrt und früher Morgen. Erzählungen.* © Suhrkamp Verlag, Frankfurt am Main 2004. Alle Rechte bei und vorbehalten durch Suhrkamp Verlag Berlin ● **111** Hans Magnus Enzensberger: ›Vorschlag zur Strafrechtsreform‹, in: *Gedichte 1955–1970.* © Suhrkamp Verlag, Frankfurt am Main 1971. Alle Rechte bei und vorbehalten durch Suhrkamp Verlag Berlin. Der Text ist eine Montage aus dem Strafgesetzbuch, 32. Auflage. ● **114** Max Frisch: ›Der andorranische Jude‹, in: *Tagebuch 1946–1949. Gesammelte Werke in zeitlicher Folge. Bd. 2: 1944–1949,* hrsg. von Hans Mayer. © Suhrkamp Verlag, Frankfurt am Main 1976. Alle Rechte bei und vorbehalten durch Suhrkamp Verlag Berlin ● **117** Heinz Berggruen: ›Mein Onkel Sally‹, in: *Die Kunst und das Leben. Erinnerungen, Portraits, Schnurren.* © Verlag Klaus Wagenbach, Berlin 2008 ● **121** Volker Braun: ›Die Fremden‹, in: *Wir befinden uns soweit wohl. Wir sind erst einmal am Ende. Äußerungen.* © Suhrkamp Verlag, Frankfurt am Main 1998. Alle Rechte bei und vorbehalten durch Suhrkamp Verlag Berlin ● **123** Gert Friedrich Jonke: ›Warten auf den Ausbruch der allgemeinen Heiterkeit‹ (Titel d. Hrsg.; im Original: ›Transporte‹), in: *Tintenfisch* Heft 3. © Jung und Jung, Salzburg und Wien ● **125** Johannes Bobrowski: ›Die ersten beiden Sätze für ein Deutschlandbuch‹, zuerst in: *Der Mahner, Quartheft* 29. Verlag Klaus Wagenbach: Berlin 1968; später in: *Gedichte aus dem Nachlaß. Gesammelte Werke in sechs Bänden. Bd. 4: Die Erzählungen. Vermischte Prosa und Selbstzeugnisse.* © Deutsche Verlags-Anstalt, München 1999, in der Verlagsgruppe Random House GmbH ● **127** Franz Hohler: ›Bedingungen für die Nahrungsaufnahme‹, in: *Der Rand von Ostermundigen. Geschichten.* Luchterhand Verlag: Darmstadt, Neuwied 1973 / Verlag Klaus Wagenbach: Berlin 1999. © Franz Hohler ● **134** Urs Widmer: ›Mein Staat, eine Utopie‹, in: *Das Normale und die Sehnsucht. Essays und Geschichten.* © Diogenes Verlag AG, Zürich 1972, 1991

Der Verlag dankt allen Lizenzgebern für die freundliche Lizenz, der Herausgeber dankt Linus Guggenberger für vielfältige Hilfe.

Der Herausgeber empfiehlt

Buchstäblich. Wagenbach
50 Jahre: Der unabhängige Verlag für wilde Leser

Ein Almanach mit der (Verlags-)Geschichte aus 50 Jahren, vielen Anekdoten, Fotos und Lesestücken aus dem Programm. Besonders schön ausgestattet.

Mit einer Chronik, Textauszügen aus den Büchern, Fotos, Gedanken über die Zukunft und einer Liste aller erschienenen Titel
Englische Broschur. 224 Seiten mit sehr vielen Abbildungen

Klaus Wagenbach　　Die Freiheit des Verlegers
Erinnerungen, Festreden, Seitenhiebe

Die wichtigsten Texte aus fünf Jahrzehnten, größtenteils erstmals publiziert: Über Bücher und Autoren, über Politik und die deutschen Verhältnisse, über Italien, die Kunst und die Mutter.

Herausgegeben von Susanne Schüssler
Geburtstagsformat. Gebunden mit Schildchen. 352 Seiten

Vaterland, Muttersprache.
Deutsche Schriftsteller und ihr Staat seit 1945
Offene Briefe, Reden, Aufsätze, Gedichte, Manifeste, Polemiken

Bisher 85.000 verkaufte Exemplare! Sonderausgabe zur Gründung der beiden deutschen Staaten vor 60 Jahren und zum Mauerfall vor 20 Jahren.

Herausgegeben von Michael Krüger, Susanne Schüssler, Winfried Stephan und Klaus Wagenbach. Mit einem Vorwort von Peter Rühmkorf
Halbleinen. 476 Seiten

Klaus Wagenbach　　Kafkas Prag　　Ein Reiselesebuch

Ein Portrait der literarischen und biografischen Orte Kafkas in seiner Heimatstadt, in Text und Bild.

Mit einem Nachwort von Klaus Wagenbach
SVLTO. Rotes Leinen. Fadengeheftet. 128 Seiten mit zahlreichen Abbildungen

---

Wenn Sie mehr über den Verlag oder seine Bücher wissen möchten, schreiben Sie uns eine Postkarte (mit Anschrift und ggf. E-Mail). Wir verschicken immer im Herbst die *Zwiebel,* unseren Westentaschenalmanach mit Gesamtverzeichnis, Lesetexten aus den neuen Büchern und Fotos. *Kostenlos!*

Verlag Klaus Wagenbach　　Emser Str. 40/41　　10719 Berlin
vertrieb@wagenbach.de